最後の弟子が語る折口信夫

岡野弘彦
Okano Hirohiko

平凡社

最後の弟子が語る折口信夫◉目次

装幀＝毛利一枝
装画＝髙島野十郎《早春》
（一九二一年、福岡県立美術館蔵）

草喰む猫

あの潔癖症の折口信夫が、晩年には猫を飼っていたと言うと意外な顔をする人が多い。戦後ますます食物が不足し、人間も飢えに耐えていた頃、書庫に鼠が侵入してきて、巣を作ったり、本の上に糞を落したりした。書庫に入る時には手袋をはめ、マスクをつけ、息を殺して本を探していた先生もついに我慢ができなくなって、猫を飼うことにしぶしぶ賛成するようになった。

もらわれてきたのは昭和二十四年（一九四九）の春、慶應の今宮新先生のお宅で生まれた雄の仔猫で、鰹節二本をたずさえてきちんとした聟《むこ》入りであった。その頃は大森駅と大井町駅のほぼ中間くらいの静かな住宅地にある先生の家も、戦後の不安定な時期を過ぎて、先生と、歌人でもの静かな矢野花子さんと、大学を修了した私と、三人での生活が安定した頃だった。

猫は「チョビ助」と名づけられて、台所の隅の小さな布団を敷いた箱に入れてあったが、すぐに陽当りのよい廊下に出てきたり、やがて先生の居間の炬燵にもぐりこみ、その膝の上にのぼるようになった。

二つの大学で多くの門弟を教えてきた先生は、ずいぶん多くの教え子に頼まれてその子供の名づけ親になっている。一見してすぐれた古典の先生の命名と察しられる美しい名前が多い。ところが、生後百日とか一年とかたって、親たちがその子を連れて先生にお礼の挨拶にうかがうという段になると、何となく気後れがするらしい。一生独身を通してきた先生は幼い子を見せられても、いかにもその扱いに困った様子でぎごちない。それが連れて来た親の心にも反映するのであった。

仔猫の扱いについても同じであった。人間の子よりも更に気ままに、こちらの意思などにかまわずふるまう無心で優しいものへの対応に、この明敏な人がこんなにういういしく、当惑して心を尽すのかと、私は感動してその様子を見まもっていた。

私の郷里は伊勢と大和の国境の山村である。その村から当時の道で三キロも離れた、神社と神主の家だけという世襲の社家に、三十五代の神主を継ぐはずの長男として生まれた。家には両親と、祖父の頃から居る男衆・女子衆《おなご》が数人で、遠路を参拝して一夜参籠《さんろう》してゆく人を泊める、いわゆる御師《おし》（伊勢ではオンシ）の家であった。

遊び仲間のまったく居ない私のために、二歳になった頃、村から一匹の猫がもらわれてきた。私の記憶はかなりおぼろになっているが、三毛のかわいい猫だった。その小さく可憐であたたかく優しい生き物を、片時も離さなかったらしい。

二月、三月とたつうちに、猫は次第に毛なみが悪くなり、痩せ衰えて気性も荒くなって、一緒に居させるのは危ないということで、村の家に帰されてゆき、私はまたひとりぼっちになった。

やがて猫に代る、白い紀州犬の仔がもらわれてきた。「マル」と名づけられたその牝犬は気性がきわめて温和で、幼年期から少年期の私のよい遊び相手になった。このことがきっかけで、敗戦までの十数年、父は紀州犬の飼育に夢中になった。古代の紀州犬には鬣《たてがみ》があったということを聞いて、さらにその情熱に拍車がかかって、犬舎には「神代より旅に家居に夜にひるにやまと男の子につかへ来し犬」などという自作の歌をかかげて、鬣犬の復原に熱中し、中学生の私は品評会のたびに犬を格好よく曳《ひ》く役をつとめさせられた。

そういう父の記憶を思いうかべると、先生の猫に対する接し方はいかにも端正で、猫の品性をみとめた優しさと、時に凜としたきびしさがあった。

梅雨の晴れ間の日曜のことだった。神経痛の痛みの取れない先生は一日じゅう床についていられた。夕方、何となく散歩に出たくなった私が裏口から出ようとすると、台所の隅の箱の中で寒そうに体を丸めたチョビ助が、私をじっと見ている。こいつも連れていってやろうと思って、着物の懐に入れて出かけた。大森へ出る通りを少し歩いたところで、けたたましい音をたてるオート三輪とすれ違った途端、おびえた猫はぱっと懐をとび出して、道に沿った大きな家の庭に逃げこみ、その縁の下に姿を隠してしまった。

垣根の外をあちらに回りこちらに回り、やがて庭の中にも入れてもらって名を呼んだが、縁の下でかすかな啼き声がするだけで、姿は見せなかった。

帰ってきて寝ていられる先生に話すと、何度でも行って連れ帰りなさいと言って、あとは黙ってしまわれた。チョビ助はとうとうその晩は、われわれの前に姿を見せなかった。翌日の昼過ぎになって、やっと矢野さんの持って行った餌にさそい出されて帰ってきた。食事を与え、湯をわかして体を洗ってやると、ぐっすりと眠ってしまった。

夕方、先生は台所へ来て、正体なく眠っている猫を見ながら、「岡野、この猫はもう昨日までの猫ではなくなってしまったよ。一晩のら猫の体験をしたのだから、今までにない性格を身につけてしまったよ」と言った。

こういう時の先生の確信に満ちた言葉を聞いていると、確かに、昨夜一晩のうちにこの若い猫が体験したはずの、寒々として暗くむごい不測の体験の重さが、取り返しのつかないものとして感じられてくるのだった。

実際に猫はそれから次第に性格が荒くなっていった。仔猫が持つあの優雅さが失われて、障子に駆けのぼったり、畳に爪を立てて足踏みをしたりするので、台所の板間に紐をつけてつながれるようになった。

その変化は、当時の先生が詠んだ歌の上にも表れている。

敗戦の思いも幾らかおちついた昭和二十四年のクリスマス・イヴには、横浜へ行って山下町から丘の上の教会や外人墓地周辺を歩いた。住み心地の良さそうな大きな住宅はみな進駐軍に接収されていて、窓は幸福なあたたかさに輝いていた。だが、その町を歩く敗戦の民である私たちの心は、寒ざむとして飢えていた。

すぎこしのいはひのときに　焼きし餅。頒《ワカ》ちかやらむ。冬のけものに

耶蘇誕生会《ヤソタンジヤウヱ》の宵に　こぞり来る魔《モノ》の声。少くも猫はわが腓吸《コブラ》ふ
基督の　真はだかにして血の肌《ハダヘ》　見つゝわらへり。雪の中より

「冬至の頃」と題するこの一連の三首には、当時の折口の心に重く切実な課題として去来していた、日本民族と宗教の問題がなまなましい感覚、あるいは身体性をともなってにじみ出しているように思われる。

一首目の、おおらかに心をつつみこむような宗教性から転じて、二首目、三首目は皮膚に直接ふれてくるような感覚的な切実さで、歳末の宗教的な緊迫感を歌っている中でも、二首目の下の句、「少くも猫はわが腓吸ふ」は唐突として人の肌に迫るようななまなましさがある。前にこのぬめぬめとした一首があるから、次の基督の歌が、格別の官能性を持ちながら、聖なるもののしずかな笑みをたたえて雪の中の面ざしを見せるのである。

猫の「チョビ助」は折口の家に来てわずか三年ほどの命だったが、その晩年の作品にしばしば姿を見せている。

まづしさは　骨に徹れり。草の茎喰《は》む家猫を　叱りをりつゝ
猫の飯《イヒ》もりてあたふる　貝の殻。ことめかしつゝ忽寄らず

一晩逃げだして後は、猫に長い紐をつけて、台所や廊下、時には中庭の土の上で遊ばせておく

ことにした。御用を聞きにくる青年の中には、犬のように紐でつながれている猫を珍しがったり、同情してあわれがったりする人もあった。犬や猫が時に草の葉や茎を喰うのは、ひもじさのためというよりはむしろ、本能的な欲求のせいだろうと思うが、この歌を見ると切実に戦後のひもじさがよみがえってくる。

チョビ助はまる三年生きていて、二十八年一月の末に死んだ。年末から食欲がなくなって、医者へもつれていったり、一週間ほど私がビタミン注射をしてやったが、「もう寿命が尽きたのだろうから、痛がることをするのはやめなさい」と先生に言われてやめた。

チョビ助の死ぬ三月ほど前から、もう一匹雌の三毛猫が飼われるようになった。名は「小チョビ」という。すぐ獣医のところへつれていって避妊の手術を受けさせた。雄のチョビ助とちがって、こちらは三日ほど入院させなければならなかった。

「一日に一度は、家の者の顔を見せてやっておくれ。気持がすさむだろうから」と言われるので、手術にも立ちあい――立ちあっても私には手術の詳細はわからなかったが――、毎日見舞って様子を話していた。

ところがその猫に思いがけぬことが起きたのであった。最晩年の折口の口語詩を見ていただこう。

七日、さわぎにさわぎ
しづかな思ひもなく動き廻つてゐる
―猫をぢつと見てゐると、
ことしはじめて、交尾期に入つた
苦しみ目もあてられぬ　雌猫の悩乱―
手を出すな。ぢつと　見てをれ。

残忍に似た宣告をして、
苦しみの一週間を直視し、傍観してゐた。

私のまへに　この小さな猫が
感情でない感情を訴へ
板戸に　壁に　はめ板に　こすりつけ〳〵
一週間の間に、三毛のさし毛の黒い部分などは、
大方白けて、散つてしまつた。

今朝空が青くなつて、鳥の声も早く聞え、
猫のもんどりがはじまり、

猫の立ち歩きが、愛敬らしくはじまつてゐる。
交尾期の去つたことが、
そんなに幸福なのか知ら——。

事もなく経過して
元の小猫として　更に新な　成長期に入ることが、幸福なのか——
猫だけがわかることで、
我々が考えたところで、到底、判断は猫のものではない
其よりも、又成長を見まもつてやらう。

口語詩としては最後で、題も無く、先生が元気であればもっと推敲の加わった作品であったかとも思う。だが後半の一転して明るい猫の動きが、私の心をほっとさせてくれる。
そして折口が若い頃、アララギ系歌人の中で格別の親しみを感じていた、島木赤彦の最後の歌を思い出す。

我が家の犬はいづこにゆきぬらむ今宵も思ひいでて眠れる

大正十五年三月二十七日に五十一歳で亡くなった赤彦の死ぬ六日前の作で、この頃は意識が溷《こん》

濁《だく》することがあって、一首できたといって家族に書き取らせるときに、「犬」というべきところを「猫」といって、家人に聞きただされると、「犬でも、猫でもええわい」と答えたという。

この歌について齋藤茂吉が「衰弱がひどく、夢うつつの境界にあつて、なほ、実際にあつた事柄をかうして一首にまとめて居る。淡々とした、もはや歌の善悪などといふ問題をなくした境地といふべきものである。さうして平然として第三句切の歌を作り、然かも『思ひいでて眠れる』と据ゑるべき具合に据ゑて居るのは、長いあひだの修練の帰結と謂ふべく、私等の尊敬して止まざるところである」と評を述べている。

折口信夫（釋迢空）の短歌形式での最後の作品、「遺稿三」十首の中には、

人間を深く愛する神ありて　もしもの言はゞ、われの如けむ
重りて　猫の子どものうつゝなき　寝床を見れば、かなしまれぬる

などがあり、最後は

雪しろの　はるかに来たる川上を　見つゝおもへり。　齋藤茂吉

と、半年ほど前に亡くなった茂吉を思う歌で終っている。

話を先の「失題」の詩にもどすと、あれほど念を入れて入院させて受けた小チョビの避妊手術

はほとんど効果がなく、その詩にあるように季節がくるとはげしい懊悩を示し、先生が箱根で病状が重くなっていった時期は鎮静していたが、先生の没後数日して、台所の隅でひっそりと二匹の仔を生んでいた。

見つけた矢野さんは涙をこぼしながら、「この猫はまあ、先生に遠慮して、お腹も目だつことなく、亡くなりはってからこっそりとこんな小さな仔を二つ生みおとして……」と私に知らせてくれた。

先生の葬儀と十日祭は門弟の中の一番先輩で、中古以来の大宮の氷川神社の社家の西角井《にしつのい》正慶《まさよし》さんが齋主をつとめられた。二十日祭は私にまかせるということだったので、その前夜に「祭詞」を深夜までかかって作った。猫のことも隠《かく》り世《よ》の師の耳にとどけなければと思って、終り近くに次のような一章を加えた。

「いつくしみいましし猫の、厨辺の暗きかたへに、生みし仔二つ、母が乳にしたひ寄りつつ、なよなよと遊ぶを見れば、いま更に歎かれにけり。年どしに眺めいましし、庭萩の長き垂り枝の、風のむたさやぐを聞けば、身にしみてあはれぞまさる……」

祭詞ができあがった後、ちょっと不思議なことがあった。折口の亡きのち、しばらくの間は矢野さんと私だけが、ひっそりと広い家を守っていた。それでは淋しかろうというので、短歌結社「鳥船《とりふね》」の同人に交代で一人ずつ泊ってもらった。

その夜は今井さんという先輩が当番で、先に眠ってもらったのだが、夜深く私が祭詞を清書し終ってほっとしていると、今井さんが突然むっくりと起きあがって、「いま、先生が出てこられたよ。岡野の祭詞はよくできた、と言ってほめるんだよ」と言った。

私たちの寝床の敷いてある隣の先生の居間だった八畳に、今は祭壇が設けられ小さな灯がともしてある。その祭壇の下のうすぼんやりととどく光りの中で、小さく動く白いものがある。よく見ると三匹の親子の猫が小さな塊のように身を寄せあって眠っているのであった。

先生が世に居られた間は、長い紐をつけて身を拘束されていた猫も、今は束縛を解かれて、祭壇の下に敷かれた厚い座布団を自分たち家族の夜の褥《しとね》にして、つつましい眠りに入っている。その姿を見ていると、にわかに私の眼前に展開してくる華やかな光景があった。


御几帳《みきちやう》どもしどけなく引きやりつつ、人げ近く世づきてぞ見ゆるに、唐猫《からねこ》のいと小さくをかしげなるを、すこし大きなる猫追ひつづきて、にはかに御簾《みす》のつまより走り出づるに、人々おびえ騒ぎてそよそよと身じろきさまよふけはひども、衣《きぬ》の音なひ、耳かしがましき心地す。猫は、まだよく人にもなつかぬにや、綱いと長くつきたりけるを、物にひきかけまつはれにけるを、逃げむとひこじろふほどに、御簾のそばいとあらはに引き開けられたるをとみに引きなほす人もなし。この柱のもとにありつる人々も心あわたたしげにて、もの怖《お》ぢしたる気配どもなり。

几帳の際すこし入りたるほどに、袿姿《うちきすがた》にて立ちたまへる人あり。階《はし》より西の二の間の東のそばなれば、紛れどころもなくあらはに見入れらる。（中略）御衣の裾がちに、いと細くささやかにて、姿つき、髪のかかりたまへるそばめ、いひ知らずあてにらうたげなり。

『源氏物語』の「若菜上の巻」の終り近く、六条院の蹴鞠《けまり》の遊びに参上した夕霧と柏木が、長い紐をつけて飼われている唐猫の仔猫の紐に御簾の端がからまって、その隙間から女三の宮の姿をちらりと見てしまう場面である。男二人の反応は対照的で、夕霧はかつて野分の風にあおられた御簾の隙間からちらちらりと見た、父の光源氏の生涯の妻、紫の上の美しさと比べて、女三の宮の幼げな様子を見ぬいてしまう。柏木はかねてからの女三の宮への執心をこの垣間見によって一層深めることになる。

実は折口が生涯、変ることのない深い敬愛の心を持ちつづけた三矢《みつや》重松《しげまつ》博士の没後、その志を継いで、初めは國學院で、やがて慶應に移して、三十年近くも続けてきた「源氏全講会」は、死の前年「若菜下の巻」を最後に講義を終った。

先生の晩年の心の内には、光源氏や紫の上の晩年の思いが、身近な思いとして、折につけて去来していたに違いない。その博大で息の長い人間愛にからまるようにして、可憐ではかない姿を去来させる猫の存在があったのも、残された者にはさびしい心のよすがとなるのであった。私のつたない祭詞の中に、猫のことをとり入れた思いが、先生に伝わったようで、深夜の祭壇の前で静かな猫の親子の眠りを見まもっていた。

大森の家は借家だったから、その後に半年ほどの時間をかけて書物や家財を整理して、家主に明け渡すことになった。先生が最初に赴任した大阪の今宮中学の教え子で、四十歳を過ぎるまで先生と一緒に生活した鈴木金太郎さんが、大阪から出てきて采配を振り、矢野さんと私、途中から加藤守雄さんも加わって家を片づけた。

三匹の猫もあわただしい人の動きの中で、それなりに生きていた。「喪家《そうか》の狗《いぬ》」という言葉があるが、小チョビ親子の存在はそれよりも更にひっそりと、かそかであった。そして家を明け渡すまでの間に、一匹死に、また一匹死にして、三匹とも命を終ってしまった。そのたびに、庭の沈丁花の根もとに、はかない死体を埋めた。これが生き物の名ごりかと思うほど、小さく軽く手の内におさまるなきがらであった。

夜になると鈴木さんを中心に四人が一室に集まって、『源氏物語』の「若菜の巻」を輪読した。読んでいると、三田山上の演説館での先生の『源氏物語』の講義や、そこに集まってきた人々の顔がなつかしく思い出された。

残されし者らつどひて　しみじみとある夜は　源氏よみいづる声

矢野花子さんのその頃の歌である。

鈴木金太郎さんと一緒に柳田國男先生のお宅にうかがって、折口先生の最期について報告した。柳田先生は「折口君が僕より先に死ぬということがあるものか」と、怒りに近い悲痛な感じで哀悼の心を示された。

そしてほぼ一年が過ぎた頃、國學院の折口教授の研究室だった部屋に、西角井教授をはじめ折口門下の五博士から、われわれ若い者までを集めて、「折口君ほどの者に教えを受けた君達は、折口君が今ここに居たら、何を考え、何を行動しているかということを、常に心に持っていなければならぬ。僕の眼には、君達はただ亡き師を悲しみ歎いているだけのようにしか見えない」と言われた。

折口信夫という人の死が、はっきりと私の心に自覚せられたのは、柳田先生のこの言葉からであった。

晩年の口述筆記

折口信夫の著作のなかば以上は、口述筆記によって成っていると言っていいだろう。それは若い頃からの癖のようなものであった。國學院大學を卒業して初めて就職した今宮中学では最初に担任した級《クラス》は校長に願い出て担任を変らないで続け、三年を経てその級の生徒が卒業すると同時に職を辞して、東京へ出て再び研究と読書の生活にもどった。そんな折口のあとを追うようにして、卒業した十人余りの生徒が上京して、上級学校へ入ったり、浪人をして、本郷赤門に近い下宿で共同生活を始めた。

その頃から、これと思う生徒に口述筆記をさせて原稿を書くことが多かったというのだから、口述筆記は折口の生得の特技のようなものであったろう。

その頃、同じ下宿に居た青年の中で、洋画家になる伊原宇三郎や清水建設の建築家になる鈴木金太郎、東京天文台長になる萩原雄祐《はぎわらゆうすけ》などが、それぞれ口述筆記の役をつとめている。ただし萩原は読みにくい字を書くので、一度一高を落ちた。それから読みやすい字を書くように練習させたという。戦後、私が折口の家へ入った頃でも、書庫の一隅にこの人々の筆記に成る原稿が残っていた。

この赤門前の塾のような生活は、訪ねた金田一京助がいかにも楽しそうな共同生活だったと、後に語っている。だが、富める者も貧しい者も平等にしての生活は長く続かず、一年半ほどで折口は大阪帰住を条件に下宿への五百円の立替え金の支払いを実家に頼み、実は鈴木金太郎の下宿に身を寄せてそのまま居つくことになる。

住居や生活のことを言えば、鈴木との共同生活はその後十五年ほど続いて、國學院大學予科生の藤井《ふじい》春洋《はるみ》を家族に加え、鈴木は大阪で一家を構えることになる。藤井はその後十七年ほど折口の家の生活を守り、昭和十九年硫黄島の守備について、戦死をとげるのである。その後はおちつかない状態にあったが、昭和二十二年二月、矢野花子さんが同居し、四月から私が同居して、折口の家の生活はおちつきをとりもどすことになった。

折口の著作は六十冊を越える大部なものだが、その中には、講義の筆録によるものや、口述筆記によって作られた原稿も多い。たとえば『日本文学啓蒙』という書物などは、出版はずっと後だが、國學院での早い時期の講義を、それぞれの時の助手や聴講生のノートを整えて、原稿を作ったのである。丸谷才一氏などは、だから折口さんの著作の中では文章がさらりとしていて、読みやすいのだと言っていた。

また『古代研究』(民俗学篇2)の芸能関係の話は多く北野博美氏の筆記に成るものだが、この人は折口の話の記録が実にうまかった。

もともと、折口は講義や講演をする時に、ノートを作ったり、原稿を書いて下準備するということが無かった。

講義の中では一番手ごたえのある『源氏物語』を講義する時でも、その前夜に和本の湖月抄本を、低い声を出してさらりと一度読んでゆくだけである。

何しろ、折口の年譜を見ると、明治三十二年、天王寺中学に入学した年に、大阪の国学者敷田年治に入門しようとして、国語科教師の亀島三千丸に訓戒されている。亀島は敷田の門下生なのであった。

二年になると大判の『言海』を父に買ってもらって、精読したという。辞書は引くものという常識など、初めからこの人には無いのである。三年になると『万葉集略解《りやくげ》』を買ってもらって、巻一の歌を筆写し、意見を書きこんだ。四年になると学校の図書館の『令義解《りようのぎげ》』『新古今集』などを耽読して、訓戒を受けた。

五年生の夏休みには一夏、蔵にこもって『国歌大観』を読破し、『玉葉集』『風雅集』の真価を発見する。もっとも、このアンバランスな知識欲が災《わざわい》して、卒業試験では英作文・幾何・三角（法）・物理の四科目に欠点をとり、落第するという苦い体験をする。

だが、異能というほかない彼の能力は終生変らなかった。それが端的に示されるのは、大正五年（一九一六）三十歳の正月、小田原に住む中学以来の友人、武田祐吉を訪ね、『万葉集』の口語訳をすすめられ、試みに巻十四の東歌四十首分をその場で訳して自信を得た時だ。

東京に帰って早速、筆記役を國學院同窓の小原準三（九時から四時）・羽田春埜《はるの》（四時から七時）・土持栄夫（七時から十時）の分担で頼み、三ヶ月で全二十巻を訳了したという。底本として佐佐木信綱の歌学全書本のみを置き、注釈書は何も用いなかった。

それから一世紀近くを経て、『万葉集』の研究は多くの研究者の力によってより深く、より緻密に進んだ。だが、近代初頭の一青年の凝縮した情熱と、するどい感覚と語感の働きが、古代の若くういういしい感情をよみがえらせてくれるのが感じられて、楽しい書物である。

さて、私が最初に口述を筆記したのは、折口全集三十三巻に収められている随想の幾つかである。一番早いのは「花幾年」で、昭和二十二年四月『旅』に発表されたものだ。先生の家に入ったのは四月二十一日のことだが、その前から暇を見つけては大井出石《いずるいし》の家へ行って、庭の椎の枝を切ったり、薪を作ったりしていた。

三月の初めにも私一人で行った。「今日は短い文章を筆記しておくれ」と言われた。「花幾年」という題で、昭和十八年・十九年、戦争の気配が日々に厳しくなってゆく中で、何とか柳田先生に吉野の花を御案内してさしあげたいと、宿を用意して待っている話だ。

「折口君。君は吉野はよくお出でのやうだから、一度案内してくれませんか。わたしも、珍しい処の花時ばかり歩いて、却て花時の吉野を見てゐないのだよ」。私にとつては、三十年来の師匠柳田國男先生が、言ひ出されたのは十八年の三月頃のことだつたらうか。日本国中一度も足を入れられたことのない郡《グン》などはない筈の先生も、平凡な花の山の吉野に行つて見られたことがなかつた。まだ足腰の自由な内に、花の吉野を見ておかうと思ひ立たれたのであつた。後で思ふと、その時、私は睫の濡れるほど、感激して居た。それからやがて一月《ヒト》、先発隊になつた心持ちで、勝手明神《カツテミヤウジン》前の古なじみの宿で、先生のお出でを前日から待つて居た。（中略）ところが当日になつて、どうしても東京をお離れになることの出来ぬ用事が出来て、今度は断念するといふ電報がとゞいた。（中略）その翌年其から去年と、先生を花へおさそひ申すことも出来ぬ世並《ヨナ》みに墜ちてしまつた。ことしも、此汽車の様子では、到底お伴など思ひもよらぬことである。どうか先生のお達者なうちに、たゞ一度、ほんのたゞ半日でもよい、吉野の花見の御案内がしたい。（中略）ほんたうに無理でも、一時間でも半時間でも、先生の前に立つて、花のお伴がしてあるきたい。

さう希ふ私すら、もう今年あたりは、とる年をしみ〴〵感じてゐる。

今でも吉野の勝手明神の庭には、「吉野山さくら咲く日にまうで来て、かなしむこころ人しらめやも」という折口の歌を刻んで、花の宿「桜花壇」の主人が後に建てた歌碑が残っている。こんな思いのたけを述べた文章だから、先生の口述もゆっくりとしている。筆記しながら私は、「よし野にて桜見せふぞ檜《ひ》の木笠」と詠み、それに「よし野にて我も見せふぞ檜の木笠」とつけた芭蕉と杜国《とこく》の恋人どうしのようにこまやかな師弟愛を、折口は柳田先生に対して抱いているのに、何と冷たい先生なのだという気持が湧いてくるのだった。

全集ではこの「花幾年」につづく、大阪の生家の母の死を思い、さらに硫黄島で戦死した養子の春洋をしのぶ切ない思いの「わが子・わが母」、その次に、気むずかしい父親の留守に、女・子供ばかりの女系家族が心を寄せあって馳走をつくり芸ごとを楽しむ「留守ごと」など、しっとりとした随筆で、口述筆記になじませてもらったのは先生のあたたかい計らいだったと思う。

こうして先生と直接向かいあって、口述をそのまま書き取ってゆくことによって、まず一冊になったのが『日本古代抒情詩集』であった。この本の冒頭一四頁は「記紀歌謡」で、池田弥三郎さんの筆記であるが、あと『万葉集』『古今集』『新古今集』の三歌集は私が筆記した。秀歌を選出して、読みくだし、口訳、鑑賞の三部に分け、読みくだしは、字間をあけ、句読点が附してある。

口述筆記は多く深夜の時間だ。当時、折口は慶應と國學院と両方の専任教授で、日本学術会議の会員、講演などで多忙であった。六十代の師と二十代の私と、親子というよりは祖父と孫くらいの年齢差で、昔の今宮中学の教え子に対するような厳しさは無かったが、六時頃には目覚めて、咳払いをする声が聞こえてくる。起きて行って、二階の雨戸を開け、階下の部屋を掃除する。埃がしずまった頃、風呂が沸いて、先生の一日が始まる。

講義や講演をするために、原稿やノートを作るということをしない先生は、その代りに小さな手に収まる程度の手帳に、朝食の後とか、出かける電車の中とかの時間に、心を集中して十項目くらいの目処《めど》の言葉を書きつけるだけである。ただその時に前回の講義の終りの部分を聞かれることが多いから、すぐ読みあげられるように整理しておく必要がある。慶應の池田弥三郎さんや、実践女子大の於保《おぼ》みをさんなどは、きちんとしたノートをとる名手だった。私は睡眠時間が短いから、講義中に吸い込まれるように眠ることがあった。そういう時はお二人のどちらかからノートを借りて、終りの二十分ほどを写しておくことにしていた。それでも時に、「僕の話を逆に理解して、ノートしてるよ」と言われることがあった。

今でも國學院の古代研究所には、折口の小型の手帳が沢山保存されているはずである。だがこれは余人が見ても、極めて簡潔な先生独自のインデックスでそのままでは役に立たない。『古代研究』の（民俗学篇2）には、「小栗判官論の計画」――「餓鬼阿弥蘇生譚」終篇――というような、項目ばかりを列記した一章があるが、これは折口の簡潔な手帳をうんと緻密にして表記したものである。

秋風が立ってさわやかな頃などは、講義も冴えて、聞いたこともない結論が出ることがある。教壇を下りてきた先生も、「今日は思いがけない結論が出たね。面白かったかい」と言うことがあった。逆に梅雨どきのむし暑い日は、なかなか話の糸口がほぐれてこなくて、「先生、今日は苦しんでるな」と思うことがあった。そんな日は、混みあった電車の中で、隣の女性の髪の毛が風に流れて肌に触れたりすると、恐ろしい表情をしてぱっと手ではねのける。そして外出から帰った時のクレゾール液による消毒が一層入念になった。

ＮＨＫから連続の講義を頼まれて、何回分か録音する時、途中で機械が故障して録《と》り直すことがある。すると話の切り口が全く違ったところから始まる。係りがあわてて「さっきのところをもう一度……」と言うと、「わかってます、でも前に言ったことをそっくり繰り返すのは厭なんです。別の筋から話をもどすから安心していらっしゃい」と言って、その通り話を進めてゆくのだった。

戦争中に文学報国会などの席で、陸軍や海軍の報道部の高級将校の、事実を曲げたり、誤ったりした報道を、冷静に正したり戒めたりした話は、自分では口に出して余人に話すことは全くなかったが、居合わせた人の口から語られたり、書かれたりしている。戦後、それに似た場に私も居合わせたことがあるが、折口は興奮すると逆に冷静になる人だった。周りや相手が怒って粗暴になるほど、冷静に鋭くなり、その弱点を衝く人であった。あの人の好きな歌舞伎芝居に喩えれば、江戸の荒事にしないで、上方風のねっちりした、それでいて心理の弱点を素早く押さえてしまう、派手ではないが効率のよい喧嘩のできる人だったと思う。容貌や所作が丁寧でやさしく、一見、女性的に見えたが、本当に怒るとまるで不動明王のようなはげしい相貌になり、額の青痣《あおあざ》が焔のように燃える人であった。

そうでなければ、あの独自の深い古代観や、透徹した人間観が導き出されるわけがない。折口に対して、「妖婆折口」と蔭で評した人があったけれども、とてもとても、そんな程度の浅い観察眼では、あの人を測り得るわけは無いのである。

さて、ここで本筋の口述筆記に話をもどすことにする。『日本古代抒情詩集』の次に私一人と向かいあって、口述筆記を進めたのは「自歌自註」（全集三十一巻所収）であった。この仕事の直接のヒントになったのは、齋藤茂吉の『作歌四十年』である。口述が始まったのは、先生の亡くなる年、昭和二十八年二月十三日、誕生日の翌々日のことで、序文に先生自身が書いているように、前年九月から病気で誰もうっかりして誕生日を忘れていた。平素は「誕生日は親の勝手」とうそぶくようにしている先生も、一昨日がそうだったということに気づくと、さすがに心が痛んだ。そういう思いの中で、「自身の履歴を省みながら、歌の製作動機を、も一度ふりかへつてみよう」という気持に先生がなったのだ。いま、こう書いていても胸の痛む思いがする。口述筆記は短い期間だったが、かなり緻密に仕事はすすんで、全集で三百頁を越える量になっている。

第一回の口述の初めのところで、次のような話が出てきた。

私の最初に作つた歌といふのは、六十年もたつて、幸か不幸か私自身いまだに覚えてゐる。だがそれをこゝに書き取るだけのあつかましさはない。何でも、叔母えい子が、大阪最初の女学校の、最初の卒業生として、東京湯島の済生学舎へ医科の修業のために上京した年、送つてくれたのは、東京名所図の折本で、今も残る印象では、川村清雄などの描いた安絵の画帖のやうなものであつた。どうしてさういふ本の見開きに、歌を書くものと知つてをつたか、子供のする事は訣らないもので、それに確か、墨で三十一文字の短歌の形のものを、私が書いたのが、それから幾年もたつて出て来たから、いまだに忘れない一首がある訣だ。

ここまで詳しく語られて、その歌を聞かない手はない。是非にも歌をというと、文章には出すんじゃないよと念を押して、

たびごろも　あつささむさを　しのぎつつ　めぐりゆくゆく　たびごろもかな

と教えてもらった。

実はこの年の夏、箱根の山荘で病の重くなった先生の部屋を少しでも明るくしようと、障子を張りかえたのだが、仙石原へ買物に行って帰ってみると、裁ち余りの紙に歌と黒衣の旅ごろもを身につけて、なかば身を起こした男の姿が描かれ、その二枚の紙にはそれぞれ次の歌が記されていたのだった。

いまははた　老いかゞまりて、誰よりもかれよりも　低き　しはぶきをする
かくひとり老いかゞまりて、ひとのみな憎む日はやく　到りけるかも

みずからを釋迢空と名のった、そしてアララギの結社を去ってのち、最も身に近い理解者となった北原白秋から、「黒衣の旅びと」とネーミングされた歌人の、最晩年にまつわるこうしたひそかな翳《かげ》りを、私はただ暗く無常観に沈んだ印象としてばかり感じたくない。

残された時間の刻々に切迫するのに抗うかのように、「自歌自註」の口述筆記は折があると鎌倉の光風園に出かけたり、伊豆の旅に出たりして、時間をかけて進められていった。

話の内容で一番心に残っているのは、「供養塔」連作の初めの二首が持つ、三句の切れの重さに気づかせられたことである。

人も　馬も　道ゆきつかれ死にゝけり。旅寝かさなるほどの　かそけさ

道に死ぬる馬は、仏となりにけり。行きとゞまらむ旅ならなくに

道に建て残された石塔を見ると、なるほどかうも、行路の旅に人間も馬も倒れ死んでしまふものだつたことを知る。それほどにも感じた事のないありふれた事に、これ程深く、いと遥かなものを心に感受するのは、長い旅寝を重ねる間の極度な心しづまりによるものであらう。

かうして旅の道で見るもの、行路で死んだ者は、馬すら年を経た仏となつてゐる。私の旅も、その馬の如く、人の如く、命の消耗して尽きてしまふ日まで続けようといふ旅でゞもあるやうな気がする……。何処まで行つても死なゝい限りは、こゝを涯てといふ限りのない、さういふ旅をしてゐる訣ではない……のに。

先生がどうしてこれほど歌のしらべに心を傾け、読点や句点や句の切れに神経質になるのか。読点や句点や字間のあけに神経をつくすのか、それが身にしみてわかるようになったのも、口述筆記を通してであった。私が初めはそれほど身にしみて理解できなかった記・紀歌謡や万葉以来の歌の声と心の追求に、迢空という人は生涯心をそそぎつづけたのだということが、次第に身にしみてきた。

たまたま自分に近づいて来て、家に居つくようになった若者を、便利に使うというのではなくて、その者が内包するはずのひたすらな気持をこまかく、暖かく見ぬいて、最も身に添った方法で教育してゆこうとしてもらったのだということが、この頃になってやっとわかってきたような気がする。

加藤守雄さんが『わが師 折口信夫』を書きあげて、出版社に渡す前にわざわざ私に、「今度こういうものを書いた。これが世に出て一番重い影響を受け、ひそかに耐えなければならぬのは君だと思う。どうしても君が耐えられないなら、僕は考え直してもいい」と私の思いのほどを確かめてくれた。私は加藤さんがあの作品を書かなければ心が鎮まらないこともよくわかっていたし、加藤さんとのことがあったから次に折口の家に入った私に対する師のあり方が、それまでと違って、祖父と孫の間のような安らかさになっていったことも察していたから、「どうぞ出版して下さい。私は十分に先生からありがたい心のより所をもらってますから」と言った。

先生も加藤さんも、世を去って久しくなった。生身の私だけが、この寒さに痛む身をこらえて、おろおろと生きている。

父母未生以前——師とわが祖の世と

「父母《ぶも》未生以前」という、幽暗の気が身にまといつくような言葉を初めて聞いたのは、折口信夫の家に入ってから間もなくのことだった。大阪の木津の折口家と大和飛鳥の古社、飛鳥坐《あすかにいます》神社の神主の飛鳥家との関係については、「自撰年譜」では次のように記されている。

「大和国高市郡飛鳥ニ坐ス神社神主飛鳥直《のあたひ》助信の子造酒介《みきのすけ》および、摂津国西成郡今宮村上野氏の養女おつたを相養子として入縁させる。祖父母である」

ところが『折口信夫全集』の「年譜」の、より詳細な家系の解説には次のように記してある。

「祖父・造酒ノ介＝大和国高市郡岡寺前の岡本善右衛門の八男。同地の飛鳥ニ坐ス神社の神主、飛鳥ノ直助信の養子となった上、嘉永五年三月折口家へ養子。その時、養父助信は、折口家の人となって後も飛鳥家を省みることがあってはならぬと言って、造酒ノ介を義絶したという。医を本業として、旧来の家職を兼ねた」

古代の飛鳥の中心地といってもよい所にあるこの古社が、大国主を始めとする出雲系の神を祭り、境内には多くの陰陽石をまつり、五穀豊穣と子孫繁栄を祈る「御田祭《おんだ》」など古風でセクシャルな神事を伝えることで、今なお多くの人々の信仰を集めていることはよく知られている。そして、岡寺前の岡本家の八男であった造酒ノ介が折口家へ養子に入る前に、飛鳥家の子としての形を取ってその上で折口家の人となったという、昔風な形式をととのえた点なども、少年折口信夫の心の内ではより劇的に、古代飛鳥びとの魂と近々と縁を結びあったような感動的な結縁として感じられていたに相違ない。

「自撰年譜」に記された内容から見ても、折口は中学生時代から古代に対して、特別に深い関心と情熱を抱いた少年で、大阪の国学者敷田年治に入門しようと志したり、中学の一年生で『神代紀葦牙《あしかび》』を読み、二年生になると大判の『言海』を精読し、高木敏雄の「羽衣伝説の研究」を読んだ。三年生には『万葉集略解《りゃくげ》』を入手し、一巻から筆写して自分の考えを書き込む。四年生になると学校の図書館で『令義解』や『新古今集』を耽読し、教師に訓戒された。

また翌年の夏休みには、信夫の勉強部屋となっていた蔵の二階に夏中こもって『国歌大観』を読破し、兄の進の友人で後に国文学者になる加藤順三氏に、「加藤さん、勅撰和歌集の歌風の至り尽した形は、中世の『玉葉集』と『風雅集』ですよ」と言って驚かせたというのも、この頃のことであるらしい。

われわれの読書感覚では、『言海』とか『国歌大観』は、知りたいと思う事項に焦点を当てて辞典として引くものだが、少年折口にとっては、そういう便宜的な用法と違って、全体を密度濃く読みこんで、その書物の内容、『言海』ならば日本語の体系、『国歌大観』ならば日本の和歌の総体的な表現の本質と変化を読みとるためのものであったと思われる。

そういう折口が、いや、そういう折口だから、中学卒業期の試験に、英作文・幾何・三角（法）・物理の四科目に欠点を取って落第するのだが、その年の四月、落第の傷心を癒すために、彼のためにこまやかに心を配ってくれる祖母つた・叔母えいの二人を誘って、当麻・吉野・飛鳥を旅する。

この旅には実は、少年折口が胸の奥に幾年か思い育ててきた熱い願いがこめられていた。折口の祖父の造酒ノ介は心の篤い人で、医を業として、木津の部落の患者なども分けへだてなく親切に治療し、深くしたわれたが、明治十二年のコレラ流行の際に診察に努力し、遂に自身も感染して亡くなった。その時、造酒ノ介から心篤い治療を受けた人たちは泣いて悲しんだという。折口が生まれるより八年前のことだ。

私が折口の旅行についてゆく時、いつも書物や衣類を入れてゆく薄く鞣《なめ》した良質の旅行鞄が二つあった。それは折口の依頼を受けて木津の人が特別に心をこめて作ってくれたものだと聞かされて、私も誇らしい気持でその古い鞄を両手にさげて師について行った。

折口の父親の秀太郎は、北河内郡の名主の福井家から造酒ノ介の長女こうの聟養子として、明治十一年に折口家に入り医を継いだが、造酒ノ介と違って、酒を好み気の荒い人で、患者への接し方も祖父の頃とは変ってしまった。

ある時、木津の部落の代表者が紋付羽織を着てやってきて、「先代様にはいつも篤いお心をかけていただき、その御恩は決して忘れません。しかし御当代のお気持は、先代様のようには参りませんようで、今までの御縁は今後は無きものとお心得下さいますよう、一同相談の上、代表して申し上げに参りました」と挨拶して帰っていったという。この事は幼い折口の心に深い記憶となって残ったに違いない。二つの旅行鞄と、部落の代表の縁切りの挨拶の話は、直接折口からしみじみと語り聞かされたことであった。

そういう折口が中学を落第した直後の四月、祖母つたと、常に折口に暖かい庇護の心をかけてくれた叔母のえいを誘って、当麻・吉野・飛鳥へ旅行する。実は父の秀太郎はその前々年五月に、心臓麻痺の発作で五十一歳で急逝し、その後の折口の行動は過激さを加え、翌年にかけて二度自殺を企てたが未遂に終っている。卒業試験の落第もそういう心の苦悩の中でのことであった。だから、この祖母と叔母を誘っての大和への旅は、「自撰年譜」に「父の代から絶えた飛鳥家との旧交を復する」と自ら記しているように、祖父が折口家へ養子に入る前に、わざわざ飛鳥家の当主で飛鳥ニ坐ス神社の神主である飛鳥ノ直助信の養子となった上で、折口家へ養子として入ったという、その祖父の胸にあった心の血脈ともいうべき古代の家につながる志を、それに反撥して飛鳥家との交誼を絶ってしまった父の死の翌々年に、若い折口が祖母と叔母をともなって復活させたということになる。

もっとも、「自撰年譜」には、それより四年前の明治三十三年中学二年の夏、「はじめて一泊旅行を許され、大和廻りをして、飛鳥坐神社に始めて詣る」とある。私が最初に聞かされた飛鳥についての話は、この時の体験らしい。

「夕方、もう薄暗くなった飛鳥さんの森に入って、急な石段を登ろうとすると、そばの飛鳥家からお婆さんの声で『操《みさお》や山廻っとおいで。お賽銭やお供物があがっとったら、いただいとおいで』とお嫁さんにいうのが聞こえてきた。君も古い神主の家の子やから、きっと覚えがあるはずや。村のお社を守って長い時代を生きてゆくのは、昔からなかなか容易でないことだったんだ」

こんな風に言うと、折口の家は神道の家だったように思われるかもしれぬが、そうではない。折口家は木津の願泉寺の古い門徒で、折口の没後に願泉寺で行われた供養に出席した時、本堂の入口に据えられた「釋迢空」という位牌の金文字を見て、私ははっと胸を衝かれる思いがした。本来、折口家は代々熱心な浄土真宗の家で、折口という姓も顕如上人《けんにょしょうにん》根来落《ねごろ》ちの際、その「降り口」を案内したというので、上人から賜わったという伝えがあることを、折口自身が書いている。「釋迢空」という筆名は二十四歳頃から用い始めたのだが、どういう理由かは人に聞かれても明かすことはなかった。

しかし折口自身は、仏教よりも日本古来の信仰、中でも出雲系の神を祭る古社に心を引かれることが深かった。祖母と叔母をつれて飛鳥坐神社に詣で、父の代になってから絶えていた、飛鳥家との交りを復活させたというのは、いかにも折口らしい心配りである。

また、尾張の津島神社は須佐之男命《すさのお》と大国主を祭神とする古社で、この社の古い社家の氷室昭長とは無二の親友であった。彼の早い死によって後継者の無くなるのを歎いた歌が歌集にある。

そういう所縁《ゆかり》が一番長くつづくのは、大国主を祭る能登の気多《けた》神社の中世以来の社家、藤井家の春洋が國學院大學の予科に入ると間もなく折口は家に同居させ、古くからの教え子の鈴木金太郎から折口の家の生活を教えこませる。鈴木はやがて大阪に去って一家を構えるが、春洋は十七年間折口と同居して、召集を受け硫黄島で戦死する。

こうして折口の身辺に自然にからまってくるというべきか、あるいは折口の中に故しれぬ誘引があるというべきか、彼の生き方や学問・文学の上に底深い影をともなってからまってくる、「前生《さきしょう》の由縁《ゆかり》」というべきものの気配が、幾重にも感じられてくるような気がしてならないのである。

折口と一緒に、のどかな気持で野を歩いている時、ふっと言った言葉がある。「三矢重松先生が世に居られる時、心ある学者達は先生を国学最後の人、と言ったものだが、今は僕なんかがそれに当るんだね。学統の上から言って、それは当然のことだね」。

私にその言葉の内容がすぐ理解できたわけではない。それからのち、長い時の経過の中で、その言葉を折につけて思い出して考えてきた。私は村の小学校を卒業すると、伊勢神宮のお膝元、当時の宇治山田市の内務省管轄の神道研究の専門学校、神宮皇學館の普通科に入った。全寮生活で普通の中学とは教科内容が大きく違って、数学・英語の時間が極端に少なく、その代り古事記・日本書紀をはじめ古典や祝詞《のりと》作文、祭式・作歌の時間などがあって、多くは専門部の教授が普通科も兼任で古典を教えた。三年生になった時に制度が変って文部省管轄の大学となり、山田孝雄《よしお》博士が学長となって赴任して来られた。山田博士は当時、現代の平田篤胤という評判で、中国との戦争が拡大し、大東亜戦への気配が深まる中で、国策に応じたような言論活動が活発だった。そして私の普通科卒業の迫った昭和十六年十二月八日、太平洋戦争に突入するのだが、その報告のために伊勢神宮に参拝される昭和天皇をお成り街道に全学生が整列してお迎えした後、全学生を講堂に集めての山田学長の講演は非常に激越な感じで、学者平田篤胤の後継者というよりは、幕末から明治初期にかけての、勤皇浪士の言《こと》あげを聞いているに近いような感じだった。

私は中学三年の時に上級生からもらった、金子薫園《くんえん》編の短歌のアンソロジーをいつもポケットに持っていて、その本で知った釋迢空の作品は全部暗誦していた。

皇學館では本居宣長の忌日、旧暦九月二十九日に近い日に、全学生が、宣長の神式の墓のある山室山まで行軍して、桜の苗木を墓山に植え、級《クラス》で一人選ばれた歌を墓前で先生が朗詠してくださる習わしがあった。宣長の墓のやや下がった所に一基の歌碑があって、「なきがらはいづくの土となりぬとも魂は翁のもとにゆかなむ」という、没後の門人平田篤胤の歌が刻まれている。自分の歌が墓前で詠まれた後の心に、宣長をしたう篤胤の思いが、深く沁み徹《とお》るようで、和歌に流れる国学の道統というものを、おぼろげながら感じ得たような気持がした。

昭和十七年、皇學館普通科は卒業したが、自分が志望する國學院大學予科の入試には、国語・漢文・歴史・作文のほかに英語があった。この最後の一科目が私には難物であった。一年浪人して大阪のYMCAの予備校で英語ばかり学んで、十八年に國學院予科生になった。学徒出陣の決行された年で、大学はその年から予科生にも金田一京助教授の言語学、折口信夫教授の国学、武田祐吉教授の万葉学の講義が聴けるように、時間表を組んでくれた。

その講義の内容は、私の予期していたより遥かに、胸おどることの多い充実した時間であった。実を言えば、日常の講義は初めの二、三週間だけで、あとは軍需工場へ勤労奉仕に出なければならなかったのだが、秋になって学徒出陣があり、適齢期を過ぎた上級生を送る大学の「学徒兵壮行会」の席で読みあげられた、折口教授の詩がすばらしかった。題が「学問の道」、その詩の後半に次のようなことばがあった。

汝《ナ》が千人《チタリ》　いくさに起《タ》たば、
学問は　こゝに廃《スタ》れむ。
汝《イマシ》らの千人の　一人
ひとりだに生きてしあらば、
国学は　やがて興らむ。

戦争ただ一筋に、「国体の本義」とか「肇国《ちょうこく》の精神」とか、もっと過激な標語が世に合言葉のように溢れている時代だった。そう、思い出すことがある。過激な標語ばかりが眼につく駅のホームに、私の心を引きつける一枚の小さな紙に印刷された、短い言葉があった。「歩廊に花あれ　衢《ちまた》に和あれ」。作者は誰かと思ってよく見ると、小さな文字で「文学報国会・釋迢空」と印刷されていた。私は胸がときめくほど嬉しかった。戦争中の殺伐を鎮めてくれるこの短い言葉は、『折口信夫全集』にも収められていない。

ああ、そうだ。この言葉にちなんでもう一つ忘れられないことがある。ある朝、渋谷駅を出て若木ヶ丘の大学へ登ってくる途中、金王《こんのう》丸にちなむ金王八幡宮の境内で五十銭銀貨を一枚拾った。警察にとどけるほどのことでもないと思い、殺風景な木造校舎の教室へ花を買ってゆこうと、青山の花屋で花瓶と花を買った。一時間目が陸軍士官学校の教官で國學院の講師を兼ねて、吉田松陰を教える若い先生だった。つかつかと入ってきて、卓上の花に眼をとめた途端、「誰か。この花を買ってきたのは！」と、たずねるというより、初めから詰問の調子だった。すぐ立って「私です」と言うと、ぱっと黒板にむかって、「玩物喪志」と書いて、「意味がわかるか」と問われた。国語・漢文なら皇學館と、予備校の國學院出身の老先生にみっちり鍛えられた。「がんぶつそうし、書経の言葉です」と言うと、「この花は玩物喪志と思わんか」とかさねて問われたが、声は静かになっていた。

そこで私も、五十銭銀貨を拾って、釋迢空先生の標語を連想し花を買ったことの次第を話した。教官は「わかった」と簡潔に言って講義に入った。

この話を私が人に語ったり、書いたりしなかったのは、あれだけ集中して吉田松陰の言行を教えて下さった若い教官が、日本の敗戦が決まった日、皇居前の砂に座って、独り割腹して命を果ててしまわれたからである。しかも、心に思い出すたびにその人の名を忘れなかった私が、この文を書こうとするいま、ふっつりと肝心の名がよみがえって来ない。人間の老いというものは、こういう形で身にしのび寄るのかと、改めて思わせられる。

その年は平田篤胤の没後百年で、十二月八日に講堂で篤胤記念祭が行われ、講演の折口教授の

「平田国学の伝統」という話がすばらしかった。皇學館大学で何度も聴いた山田博士の平田篤胤と違った篤胤の学問体系が、そこには躍如として語り出されていた。

講演者は学長の佐佐木行忠「学問の道」、菊池寛が「日本精神と死生観」、上司小剣《かみつかさしょうけん》が「玉だすきについて」、最後が折口信夫の「平田国学の伝統」であった。

私の知っている折口は滅多に講演の時間を超過して話す人ではなかった。ところがこの日は折口は持ち時間を三十分も越えて、しかもその内容が、篤胤の書物の中でほとんど人がとりあげない、『稲生物怪録《いのうもののけろく》』『仙境異聞《せんきょういぶん》』『霧島山幽郷真語《きりしまやまゆうきょうしんご》』『古今妖魅考《ここんようみこう》』など、その内容は勿論、書名を聞いたこともない異郷に住む妖怪変化の話であった。しかもそういう書物に関心を持つヒントは、柳田國男からではなく、泉鏡花から教えられたという。

聴いているうちに、折口が河童や天狗など異類界の霊を語る時の特有な雰囲気が会場にただよってきて、自分の時間、空間の感覚もいつの間にか不思議なゆらぎの中にただよい出てゆくような気分に誘われてゆくのだった。

つまり、この講演会が私にとって、折口信夫の独特で魅力ある未知の学問的な世界に踏み入った最初の体験だった。そして折口は、時間の超過を気にしつつ、自分の話を手短かにまとめようとしていた。

国学といふものは、何としても人間がつくつて行くべき学問なのです。神道といふものは、そこに置いておいても自然のまゝに神道がある。併《しか》し国学といふものは、それをば人為をもつて学問化して行かなければ、成り立たない。篤胤先生は荷田春満先生の直系であつて、しかも宣長先生の非常に胸の広い、ものに拘泥しないやうな態度を取り入れてゐながら、更に飛躍しようと思つて、天竺の学問、支那の学問までもち込んで、研究しようとせられました。つまり自然の神道に対して、出来るだけ人為の国学を拡げようとせられた。

つまり、折口は篤胤の学問の中に、民俗学の最後の研究目的、日本人の心理伝承の研究の意図を見いだしているのであった。

おぼろげながら、私もそこまでは感じ取れたものの、それから数年後、敗戦後の日本で折口の指導を受けて、折口が戯曲化した篤胤の『稲生物怪録』の主役を演じることになろうとは、夢にも思っていなかった。

折口春洋

昭和の初めから戦争の末期まで、常に折口と生活を共にし、硫黄島に配属されると知って養嗣子とした折口春洋は、石川県羽咋《はくい》市の大国主の神を祭神とする気多神社の古くからの社家（藤井家）に生まれた。兄の巽は眼科医となったが、春洋は大正十四年に國學院大學予科に入学した。昔からの氏子の中には、これで久しぶりに村の中から、気多神社の宮司が出る希望が湧いてきたと喜ぶ人達があったという。

当時の国家神道の制度では、神社は内務省の管轄下にあって、官幣社《かんぺいしゃ》・国幣社の宮司は中央政府から任命されていた。実は昭和の初期、気多神社の宮司をつとめていたのは、伊勢神宮の神官から転任してきた、私の伯父の河井吉太郎だった。そして、大正十三年に生まれた私は、満五歳の夏に父につれられて初めての長い旅をして、伯父の家に数日とどまって、毎日能登の波の荒い海に入ったり、地曳網を引くのを見たりした。当時は観光客は少なく、網を引くのは地元の女性たちで、鰹や鯖が水しぶきをあげて沢山とれた。

私は海を初めて見る山の子なので、打ち寄せる波が恐ろしく、また浜の女性たちの荒い言葉が耳になじまず、浜の子に意地悪されては泣き、砂にもぐっている平目を踏んづけては泣き、よく泣いた。それでも村からまっ直ぐに浜に向かっている広い道や、道のほとりに咲いている浜ひるがおの記憶は、はっきりと残っている。

それから二十年近い歳月を経て、私が折口先生の家に亡き春洋さんのあとを務めるような形で入ることになろうとは、夢にも予測できるはずのないことだが、夏休みで帰郷していた春洋さんは、毎朝気多神社の境内を清掃していたというから、宮司官舎に泊っていた私と顔を合せていたかもしれないし、伯父は折口先生の短冊を何枚も貰っていたのだから、夏休みに気多の藤井家をおとずれた先生と幼い私とが、浜の道ですれ違っていたとしても不思議ではない。

昭和十八年、國學院の予科に入って、その年は学徒出陣の年になるのだが、金田一京助・折口信夫・武田祐吉といった先生の講義が聴けるのもうれしかった。私は短歌を作ることに情熱を感じていたから、若い藤井春洋教授の作歌の時間と伊勢物語講読の時間が楽しかった。

二月ほど経た頃、河井の伯父に近況を知らせる手紙を書いた。すぐ葉書がきて、二首の即興の歌が記してあった。伯父や父の育った家は、家号が「万浄寺」といって古くは寺であったかもしれぬ。男の子は神主か僧侶になることの多い家で、また家族の吉凶につけて歌を即興で詠む習慣があった。

これはしたり伊勢の生れの君がしも能登の藤井に伊勢をならふか
藤井春洋能登一の宮の社家の出なりよく親しみて教はりたまへ

歌のあとに、「この葉書、藤井先生にお見せなさい」と書いてあった。

藤井先生は顔も体も引き締まって筋肉質で、濃い茶色の背広を着てこられることが多かった。当時、予科の教員の中には軍隊の学校の教官を兼ねている人があって、出席を取るにも軍隊式にぱきぱきと呼び捨てにした。藤井先生はかならず姓の下に「さん」をつけて呼ばれるのが珍しく、この殺伐とした時代に古典を究める大学に身を置いて一人前に扱われているのだという実感を持つことができて嬉しかった。

作歌の時間は題を出して、その場で実作させ、提出した作品をすぐに先生が批評してゆくという、実践的な進め方で、これは後に折口先生主宰の「鳥船社」に加わって知った作歌の指導法そのままであることがわかった。

ところが、『伊勢物語』の講義は少し感じが違っていた。私は伊勢の皇學館の普通科で中学の課程を学んだのだが、日本では稀な内務省管轄の専門学校に附属していて、普通の中学とは教科の内容が違っていた。英語や数学の時間が少ないかわりに、古事記・日本書紀・万葉集・伊勢物語・祝詞作文・作歌など、古典に関する授業が格別に多かった。それがまた私には結構たのしかった。

國學院大學へ来て、藤井教授の作歌の時間など、皇學館の老先生の作歌指導よりずっと新鮮だった。ところが『伊勢物語』の講義になると、藤井教授は厚いノートを机に広げて、それに見入ったまま下を向いて、ひたすら講義してゆかれる。第一段、「うひかうぶり」の話から、実に詳細で生き生きとした解釈で眼のさめるような気持で聴き入っているのだが、先生の表情は作歌の批評の時のように、顔をあげて時どき眼鏡をきらりとさせながら話す自在さと鋭さがない。第一段の最後の重い言葉「むかし人は、かくいちはやきみやびをなむしける」の解釈も、今まで聞いたこともないほど確かな内容を聞けたと感動の気持が深いのだが、先生は実に静かな表情のまま講義を終ってしまわれる。

この時からまる八年ほどを経て、私も國學院の講師になり、自分が教壇に立って源氏物語と作歌を教えることになって、身に沁みてわかったことである。学生への作歌指導の方は毎月の鳥船社の歌会で厳しく批評されて鍛えられているから、自在にできるけれど、源氏物語の講義は前の晩に折口先生と向かいあって、講義と同じ時間をかけて先生が講義して下さるのをノートに記しておく。実に贅沢で緻密な個人教授である。きちんと時間を計って、これで充分なはずだが、少し時間が余ったからといって、余計なことを言うんじゃないよ。うっかり学生の誘いにのって思いついたことなど言うと、馬脚があらわれるから、と言って、先輩の失敗の話などを聞かせて下さる。戦後の国文科は女子学生が多くなっていた。特定の者に視線を集めるんじゃないよ。

先生が多忙でどうしても時間を取れない時があった。「桐壺の巻は長恨歌を下に踏んでいるのだから、長恨歌を講義してやりなさい」と言って、私のノートに長恨歌を清書させておいて、道を歩きながら、電車に乗っている間、長恨歌をすらすらと暗誦して講義して下さった。

『古代研究』が世に出た頃、その論が奔放なのと、引用文献をいちいちあげることをしないために、折口は文献に弱いのではないかという風評があったが、天王寺中学の生徒の頃から、二十代後半にかけての時期の読書量と集中力はすさまじいものであったと思われる。
さて、話を少しもどして、河井の伯父が「藤井先生にお見せなさい」と言った葉書を見せる暇もないうちに夏休みになってしまった。九月になって学校にもどってくると「藤井教授は再度の召集を受け、以後の講義は当分休講とする」という掲示が出ていた。せっかくの伯父の配慮を無駄にしたという思いと、刻々に切迫してゆく戦況の中で、このたぐい稀な師弟がどういう思いで訣別の時を持ったのであろうかと思い到るまでには、私の心はまだ疎略であり、世間全体が戦のひとすじに怱忙《そうぼう》と過ぎてゆく時期であった。
召集された春洋は昭和十八年九月から翌年六月下旬まで金沢の連隊で陸軍少尉として軍務に服していた。その間にも、同じ部隊から前線へ発ってゆく兵達があった。

大君は　我をふたたび召し給ふ。歩兵少尉の　かずならねども
かくばかり　世界全土にすさまじきいくさの果ては、誰か見るべき
たたしめて後ひそかなる思ひなり。深き夜空を仰ぎつつ来ぬ

その間に何度か、折口は金沢に春洋をたずねて行った。厳しい軍務に服している春洋の、師を迎え、師を送る心は切なくあわただしかった。

別れ来て、勤めに対ふすべなさよ。とほ嶺《ネ》のみ雪　あまり輝く

春畠に菜の葉荒びしほど過ぎて、おもかげに　師をさびしまむとす
東に　雪をかうぶる山なみの　はろけき見れば、帰りたまへり
つつましく　面わやつれてゐたまへば、さびしき日々の　思ほゆるかも

こうして春洋の歌を引用するのは、三十八歳で硫黄島で戦死した若き国文学者のひたすらな心の結晶の姿を、心にとどめてほしいと思うからである。

私は酒は全く呑めなくて、折口が夕食のたびにビールを飲むのに、お猪口《ちょこ》に注いだ一杯を舐めるようにして相手していた。そんな私に折口は「春洋は家へ来て間もない頃、ビール一ダース呑んだことがあったよ」と言った。同じ石川県でも能登の人には加賀の人より激しいところがあると思う。気多神社の祭にも、宮司が大国主になり代って、能登一国を馬に乗ってめぐる平国祭《おいでまつり》という烈しい祭があるという。春洋さんは温和なようだけれど能登の人の激しさは決して失わない人だったと思う。

だが、こうして短歌の秀作を見ていると、叙景の歌にしても、抒情の歌にしても、心がよくとどいていてやさしい。師を思う歌だから当然だとも言えようが、風景や部下を詠んだ歌も、引きしまっていて奥にやさしく多感な心が動いている。それでいながら常に心の抑制がきいていて、抒情歌人に多い歌いあげるところがない。

師の沼空も、あまり歌いあげることのない歌人だが、時に独自な言葉の苛烈さ、独特の古語の力をよみがえらせて激しさを表現することがある。彼が須佐之男命を主人公にしてその怒りを表

現する時の迫力を思えばよい。春洋の歌にはそういう力はまだ出てきていない。だが、彼が硫黄島の戦を生き抜き、ふたたび敗戦の国の荒れた焼土を踏むことがあったとしたら、きっと人間の魂を震撼させる苛烈な歌を詠んだに相違ないと思うのだが、あの小さな島に降り注いだ猛烈な爆薬の殺戮のむごさは、その可能性を持った三十八歳の魂をも、焼きほろぼしてしまった。

昭和十八年の後半は、藤井教授の講義は休講のまま過ぎた。他の授業も実は軍需工場へ働きに行かされることが多くなり、翌十九年、予科二年になると戦況は更にきびしくなった。私は同じ学年の友人と、陸軍特別操縦士官を志願しようと話しあい、郷里の役場へ戸籍謄本を申請したところ、父に連絡がゆき、駈けつけた父から一晩徹夜で死に急ぎするなと諫止《かんし》され、最後には、どうしても行くのならお前を勘当すると言われて、思いとどまった。友人はそのまま特攻隊への道を歩んで、二十年四月、沖縄で特攻隊長として壮烈な死をとげた。

予科二年の高崎正秀教授の古今和歌集の時間に、いきなり課題が出た。今までに聴いた講義をヒントにして、日本古典文学について小論文を書け、という課題である。私は皇學館の普通科の頃から心にかかっていて、前年の藤井教授の（実は折口先生直伝の）伊勢物語の講義を聴いて、一層構想を深めることのできた一つのテーマがあった。

それは「伊勢の国魂を求めて流離せし人々」という表題で、一組の高貴な男女が伊勢の国魂でもあり、皇室の祖霊でもある神霊を求めて流離の旅をする例が、古くから幾組も語られている。その流れをまとめて考えてみようと思ったのである。

第一は、倭建《やまとたける》の命《みこと》と姨《みおば》の倭姫である。父の景行天皇は倭建にまず熊曽建《くまそたける》の討伐を命じ、それがとげられると更に出雲建の討伐を命じ、それもとげられると最後に東国の平定を命じる。倭建は伊勢神宮に詣で叔母の倭姫命に「わが父はわれに死ねと思ほすか」と泣いて訴える。本居宣長も『古事記伝』で篤い同情の言葉を記しているところである。その甥をいたわり励まして、剣と火打石などを与えて東国へ出発させてやるのが斎宮の倭姫である。だが倭建は東国からの帰途、伊吹山の神の霊気に敗れ、わが足は三重になりぬと歎いて命を終り、その魂は白鳥の陵に葬られる。

　第二の例は仁徳天皇の弟速総別王《はやぶさわけのみこ》（隼別皇子）と異母妹の女鳥王《めとりのおおきみ》（雌鳥皇女《めとりのひめみこ》）である。天皇は弟の速総別を仲介者として女鳥に求婚しようとするが、女鳥は嫉妬深い皇后石比売《いわのひめ》を避けて、速総別に心を寄せる。なお言い寄る天皇に、女鳥は自身の意を明らかに示し、速総別をうながして大和から東の山を越えて伊勢神宮をめざして逃れようとする。結局二人は大和の東のはて、宇陀《うだ》の曽邇《そに》で追ってきた軍勢によって殺される。『日本書紀』では速総別は伊勢の平野部まで逃れて、殺されたと伝えている。この伝承は、登場人物の名がおほさざき（さざきはミソサザイの古名で、見ばえのしない小鳥）と、はやぶさわけ（鷹狩に用いた強い鳥）が女鳥を争った形とも考えられ、幾つかの歌謡を含む劇的構成が示されて、興味深い問題を残す。平泉澄《きよし》博士はアジール（宗教的聖域）へ逃げこもうとした話だと見ており、郷土史家の大西源一博士は後世の伊勢地方に残る藤原千方《ふじわらのちかた》伝説との関連を考えている。

　三番目の例としてあげられるのは、『万葉集』に残る歌を核にした伝えで、天武天皇が崩御の直後、皇子たちの中で人望の一番篤かった大津皇子が、姉の大伯皇女《おおくのひめみこ》が斎宮をしている伊勢神宮をひそかにおとずれて来る。二人の間にどういう話が交されたか、知る由もないが、万葉集には次のような大伯皇女の歌が記されている。

わが夫子《せこ》を大和へやるとさ夜ふけてあかとき露にわが立ち濡れし　（万葉一〇五）

二人ゆけど行き過ぎがたき秋山をいかにか君がひとり越ゆらむ　（万葉一〇六）

都へもどった大津皇子は捕えられて、謀反を計ったという理由で、翌日、磐余《いわれ》の池のほとりで刑死させられる。

ももつたふ磐余の池に鳴く鴨を今日のみ見てや雲隠りなむ　（万葉四一六）

皇子のなきがらは、大和の西の涯《はて》の二上山《ふたかみやま》の頂上に葬られて、不思議な迫力を持った境の神としての存在を感じさせる。

こうして古代の例を見てくると、『伊勢物語』の六十九段の話も、この流れの中に入ってくる印象が感じられる。宮廷から伊勢の国へ狩の使として派遣されてくる男は、やはり特別の使命をもった男で、狩は単なる遊びではないはずである。またこの話は斎宮寮の女房たちの間で育っていった部分があるだろう。

大体こういうことを二週間ほどで書いて、提出した。翌週の講義の日、高崎教授は私の作品を良くできているとほめて、皆の前で読めと言われた。教卓の前で読み終ると、この論のヒントになったのは何かと問われたから、去年の藤井先生の『伊勢物語』の講義です、と答えると、たちまち機嫌が悪くなって、「あんな若僧に何がわかるもんですか」と言われた。

私は啞然としてしばらく口がきけなかった。入学して一年しかたっていない学生に、教授の間の微妙な感情の葛藤などわかるわけはなかった。しかし余りに単純で露骨なこの批判とも言えない悪口は何だろうと思った。

その後も高崎教授は私に好意ある助言をして下さったけれど、この時の印象が残っていて、心からうちとけることができなかった。

戦後、折口先生の家に入って講義の前夜の特別講義を受けることになって、初めて藤井教授の講義の魅力的であった理由も、また何となく自在でなく少し憂鬱そうであった理由もわかった思いがした。

折口の家には、春洋さんが残していった整然たる家計のたて方が、歴然と残っていた。それはまた、今宮中学を卒業して十数年折口と一緒に住んだ建築家、鈴木金太郎が春洋に仕付けた暮し方であり、家計の仕切り方であった。書庫の隅には春洋さんがつけていた出納簿が十数冊並んでいた。洋服簞笥の上には、冬物・夏物に区別した洋服の箱がきちんと積まれていた。月の初めには、米代・副食費その他の入費を仕分けた金額をきっちり、矢野花子さんに渡して、節約を計るように説得しなければならなかった。矢野さんは私の母と同年である。気おくれした言い方をすると、私が先生から叱られる。しかしそのほかの面では、國學院と慶應の講義や東京で上演される演劇のほとんどは一緒に見られるし、鈴木さん、春洋さんが残していってくれた折口家の生活習慣は、心豊かで楽しかった。

それでも初めの一、二年は先生は私に気を使って、春洋も来てしばらくはなじめなくて、行李《こうり》をかついで逃げ出したのを、鈴木が大森駅まで追いかけて連れもどしたことがあったよ、などと話されることがあった。

隣人とのつきあいはほとんど無かった。ただ、馬込に住む室生犀星さんとは、時々たずねあうことがあった。一つは金沢出身の室生さんの所へ、能登で育った春洋さんが郷里から送ってきた岩牡蠣や昆布締めにした魚などを、おすそわけして持って行くことがあったらしい。

昭和二十七年一月に、新聞各社が硫黄島を取材することがあった。その際に地下壕から読売新聞の記者が藤井春洋の名のはっきりと記されている考科表を発見して写真にとったり、朝日新聞の記者から島の砂がとどけられたりした。亡くなる前年のこの発見は、折口の心に深い静まりと、諦観を与えたようである。

春洋が戦死し、日本が敗れた直後の折口の心を察することのできる一つの詩がある。

きずつけずあれ

わが為は　墓もつくらじ―。
然れども　亡き後《アト》なれば、
すべもなし。ひとのまに〳〵―

かそかに　たゞ　ひそかにあれ

生ける時さびしかりければ、
若し　然《シカ》あらば、
よき一族《ヒトゾウ》の　遠びとの葬《ハフ》り処《ド》近く━。

そのほどの暫しは、
　村びとも知りて　見過し、
やがて其《ソ》も　風吹く日々《ヒビ》に
沙山の沙もてかくし
あともなく　なりなむさまに━。

かくしこそ━
わが心　しづかにあらむ━。

わが心　きずつけずあれ

昭和二十一年に作られたこの詩では、能登の海に近い沙山にひっそりと見えかくれするかすかな墓、やがて雨に打たれ、風に吹かれて跡かたもなくなってしまうような墓こそ、わが願わしい墓である。わが心を傷つけることなくてあれ、と歌っている。春洋の故郷の藤井家一族が眠る沙丘の墓地は、今でもこの詩の通りのたたずまいである。

ところが三年を経た昭和二十四年七月に、折口は意を決して、その沙丘の墓地に、次のようなはげしい言葉を刻んだ春洋との父子墓を建てた。

もつとも苦しき
たゝかひに
最くるしみ
死にたる
むかしの陸軍中尉
折口春洋
ならびにその
父　信夫
の墓

小林秀雄

小林秀雄を初めて見たのは、昭和十六年か十七年だった。私は十六歳か十七歳で、伊勢の皇學館大学の普通科の生徒だった。当時、伊勢は文士が伊勢参宮のために来訪することが多く、それを察知した学部の文芸部の学生が宿泊先をたずねて講演を依頼し、休日の講堂で希望者は話を聴くことができた。

伊藤整・火野葦平・小林秀雄などいう人が日を別にして話したのが印象に残っている。ただし、先の二人は時間をかけて、じっくりと話を聞かせてくれたが、小林さんは十五分ほど話すと、「僕の話すことは、もう何も無くなってしまった」と言ってすたすたと演壇を降りてしまった。その冷静で美しい風貌が、かえってくっきりと心に残った。

当時は「肇国の精神」というようなことがしきりに言われた頃で、皇學館大学の初代の学長として赴任して来られた山田孝雄《よしお》博士が、現代の平田篤胤に見立てられて、講演や座談会に活潑に発言していられる頃だった。だがその激しく興奮した話しぶりには、私は何か親しみが感じられなかった。むしろ戦後になって厳しく批判されることになる平泉澄《きよし》博士の静かな語りぶりが、より文学的で心にしみた。あれは博士のお得意の話だったのだろうと思うが、明恵上人の和歌に関する逸話、郷里の紀州の島へ宛てて「島どの」と、恋文のような手紙を送る話は、その静かな語りくちと共にくっきりと印象に残っている。戦時中この人が海軍の将校たちの心をとらえたのは、なるほど自然ななりゆきだったろうと、後に思い当ったことだった。

私は敗戦の翌年の春、どうしても鎮まらぬ心を抱いて、伊勢の家を出て大和・山城・近江への旅に発った。単行本として出版されたばかりの『無常という事』と、万葉集だけを携えていた。

飛鳥を丹念に歩いて、その頃は鬱蒼とした杉林であった甘樫《あまかし》の丘に登り、古代にこの丘に鎮まっていた、恐ろしいほど強烈な神威を持つ、四柱の神のことを思った。その四柱の名は、八十《やそ》禍《まが》津《つ》日《ひ》神・大禍津日神・神直《かんなお》毘《び》神・大直毘神である。前の二神は世の禍事《まがこと》を支配し管理する神であり、後の二神はその禍事を正し直す神である。

『日本書紀』允恭《いんぎょう》天皇四年九月の条には、当時の氏姓の乱れを正すために、この四座の神前で「盟神探湯《くかたち》」という宗教裁判的な神事が行われたと記している。

あの厳しく酷《むご》い戦は終った。私ども戦中派世代も、短い間であったがその戦闘の中に身を挺し、生死の境を体験した。まして、いち早く特攻隊要員を志願して散っていった同級生の友人や、少年航空兵となって死地に散っていったより若い友人と、鉾田《ほこた》飛行場で宿舎を同じくしたこともあった。

そうした同世代の友に対して、「俺は生き残った」という思いは、戦いが終った後もいつも胸の奥にあって、つぶやくようによみがえって身を責めた。

大和から近江の旅中でも、とりわけこの甘橿の丘の、社もすべて失われて鬱蒼とした森と化した古代の聖地に、独りで入り立った時の身に迫る罪障感は、今もまざまざと思い出すことができる。

私の心がわずかに鎮まり得たのは、奈良山を越え、山城を過ぎ、逢坂の関を過ぎて、眼下に広がる琵琶湖の静かな湖面を見た時からであった。

行く春を近江の人と惜しみける　芭蕉

季節もちょうどこの句にふさわしい。私の心は句の世界に引き入れられていった。『去来抄』では、結句を「惜しみけり」として、この句について芭蕉が去来に言って聞かせた言葉が記されている。

「古人も此国に春を愛する事、をさ〳〵都におとらざるものを」

芭蕉がこう言ったのは理由があった。芭蕉の「行く春」の句について、近江の蕉門の俳人の尚《しよう》白《はく》が非難したのだ。「近江は丹波にも、行く春は行く歳にも、ふるべし」。つまり、近江は丹波と言い換えても、行く春は行く歳と言い換えても、何の支障もない句じゃないか。

芭蕉はこれに対して、去来の考えを一往聞いている。「尚白が難あたらず。湖水朦朧として春を惜しむに便りあるべし。殊に今日の上に侍る」。この去来の言葉に対して、芭蕉は「しかり、古人も此国に春を愛する事、をさ〳〵都におとらざるものを」と言い、去来に「共に風雅をかたるべきもの也」とほめているのだが、私は芭蕉の心の奥にあったのは、もっと深く近江を惜しむ心で、柿本人麻呂の「近江のうみ夕波千鳥汝《な》がなけば心もしのに古《いにしへ》おもほゆ」あるいは高市黒人《たけちのくろひと》の「古《いにしへ》の人にわれあれやささなみの故《ふる》き京《みやこ》を見れば悲しき」などの歌に心を通わせていると考えた方がふさわしいはずだと思いながら、近江の都の廃墟のあたりと思われる草生《くさふ》の中に立ちつくして居たのだった。

古代の皇統をめぐって、兄弟や近親が互いに相剋した壬申の乱は、人麻呂や黒人の歌によって後世に哀切の思いを深く伝える事件である。

敗戦の日から私の心に重くわだかまりつづけていた悲哀とも無念とも言い様のない思いが、ここに来て幾らかほぐれて動き始めるのが感じられた。同時に、なかなか言葉にならなかったその思いが、少しずつ短歌の表現となって流れ出しはじめる気持がした。

辛くしてわが生き得しは彼等より狡猾なりし故にあらじか
神のごとく彼等死にきとたはやすく言ふ人にむきて怒り湧きくる
帰りゆきて何為すべしとひたぶるに問ひつめてくる暗き兵の眼

逆年順に編集した私の第一歌集『冬の家族』の最後に収めた、「たたかひを憶ふ」という一章ができ始めたのは、その頃である。

ここに引いた第一首目の歌について、同じ戦中派世代で、『戦艦大和ノ最期』の作者吉田満《みつる》さんが亡くなられて後、その御子息の書かれた文章で知ったのだが、晩酌の後などよくこの歌をつぶやいて居られたという。「誰の歌」とたずねると、「僕とおなじ学徒兵だった人の作だよ」と答えられたそうだ。吉田さんには『戦中派の死生観』という著作もあったはずで、お会いしたかったと思う人である。

話を元の近江の旅にもどして、近江の都の址を訪うた後、比叡山の坂本にある日吉《ひえ》神社をたずねた。その時、私の胸に小林秀雄の『無常という事』の冒頭の引用文が、声をともなってよみがえってきた。

「或云《あるひといはく》、比叡《ひえい》の御社に、いつはりてかんなぎのまねしたるなま女房の、十禅師の御前にて、夜うち深け、人しづまりて後、ていとうていとうと、つゞみをうちて、心すましたる声にて、とてもかくても候、なうなうとうたひけり。其心《その》を人にしひ問はれて云《いはく》、生死《しやうじ》無常の有様を思ふに、此世《この》のことはとてもかくても候。なう後世《ごせ》をたすけ給へと申すなり」

苔むした古い大きな石を積んだ石垣や、石を畳んだ参道、少し脇道に入って巨石を組み合せた橋など、大陸から渡来して近江に住みついた技術者たちの流れを継ぐ人々の文化を偲びながら、木蔭の道をたどっていると、昨日までの心の飢えが忘れたように、一時遠のいてゆく思いになるのであった。

「僕は、ただある充《み》ち足りた時間があった事を思い出しているだけだ。自分が生きている証拠だけが充満し、その一つ一つがはっきりとわかっている様な時間が。無論、今はうまく思い出しているわけではないのだが、あの時は、実に巧みに思い出していたのではなかったか。何を。鎌倉時代をか。そうかも知れぬ。そんな気もする」

初めに書いたように、この旅に出る時に私は『無常という事』一冊と『万葉集』をたずさえて、途中で思いのままにあちこちを拾い読みしながら旅をつづけて来たのだが、たまたまこの比叡山の麓の日吉神社の参道をたどりながら、私の心の奥に苦しく重くわだかまっていた、戦の日からずっと糸引く思いを、今ならふっと断ち切ることができるような気持がしたのであった。それは、読んでも読んでもなお、分り切ったとは言えないところの残る、小林さんの文章のお蔭に違いなかった。

ああ、これで敗戦の日からつづいた、苦しい心の遍歴を終ろうという思いが、自然に湧いてきた。私はその日で旅を切りあげ、東京の下宿に帰った。そしてかねて折口先生から言われていた、「春洋《はるみ》のように、家《うち》へ来ないかい」という言葉に従って、品川区大井出石町の先生の家に入った。昭和二十二年四月二十一日のことだった。

それから二年ほど過ぎた頃、私も先生の口述を筆記することに馴れて、『日本古代抒情詩集』の原稿を作るために、鎌倉の旅館を借りて口述筆記の仕事をすることがあった。ある日の帰り路に、比企ヶ谷《ひきがやつ》の妙本寺という寺に立ち寄って、「ここが、中原中也と小林秀雄の苦しい思い出の、海棠《かいどう》の寺だよ」と先生が言った。いま『小林秀雄全集』で見ると、「中原中也の思い出」が発表されたのは、昭和二十四年八月の『文藝』である。先生は前晩に寝室に持ちこんで読んだ雑誌の中から、私に読ませようとするものは、翌朝二階から降りてきて通りすがりに、ばさりと私の机に置いてゆく。雑誌の頁の端が小さく三角に折ってあるのが目印だ。当然、この文章も読んでいた。その上で、先生は妙本寺の庭まで私を連れて行ってくれたのである。

私は小林さんのこの文章の中で、中原と小林と長谷川泰子との間の、奇怪な三角関係の追想の部分よりも、それから八年経って、二人とも過去と何のかかわりもない女とそれぞれ結婚して、また再会した場面の方が、より一層悲痛な思いに駈りたてられるようで、たまらない気持になる。

二人は、八幡宮の茶店でビールを飲んだ。夕闇の中で柳が煙っていた。彼は、ビールを一と口飲んでは、「ああ、ボーヨー、ボーヨー」と喚《わめ》いた。「ボーヨーって何んだ」「前途茫洋さ、ああ、ボーヨー、ボーヨー」と彼は眼を据え、悲し気な節を付けた。私は辛《つら》かった。

そしてこの文章は、中原の死を言う言葉で終っている。

中原に最後に会ったのは、狂死する数日前であった。彼は黙って、庭から書斎の縁先きに這入って来た。黄ばんだ顔色と、子供っぽい身体に着た子供っぽいセルの鼠色、それから手足と足首に巻いた薄汚れた繃帯、それを私は忘れる事が出来ない。

中原の死は昭和十二年十月二十二日、三十歳であった。

小林さんが戦後、本居宣長を書こうとして折口信夫の家を訪問された日は、正確に言うことができない。おそらく昭和二十四、五年であったと思うが、小林さんはかねて約束の通り、一人で訪ねて来られた。後に書物になった『本居宣長』の最初のところに、次のように記されている。

本居宣長について、書いてみたいという考えは、久しい以前から抱いていた。戦争中の事だが、「古事記」をよく読んでみようとして、それなら、面倒だが、宣長の「古事記伝」でと思い、読んだ事がある。それから間もなく、折口信夫《おりくちしのぶ》氏の大森のお宅を、初めてお訪ねする機会があった。話が、「古事記伝」に触れると、折口氏は、橘守部《たちばなもりべ》の「古事記伝」の評について、いろいろ話された。（中略）

帰途、氏は駅まで私を送って来られた。道々、取止めもない雑談を交して来たのだが、お別れしようとした時、不意に、「小林さん、本居さんはね、やはり源氏ですよ、では、さよなら」と言われた。

この時、私もその家に居て何度か二階の客間へ上って行って、お茶を替えながら、お二人の話の様子をそれとなくうかがって居た。三時間ほどの話あいが終って帰られる時に、先生が「大森駅まで小林さんを送って行こう。君も一緒に来なさい」といって誘ってくれた。途中は小林さんの書いていられる通り、共通の知人の話などを交していられたが、駅へ来て別れの挨拶をした小林さんが改札口を入って二、三歩進んだ時、突然に折口が「小林さん」と大声で呼びとめて、「宣長さんはね、何と言っても源氏ですよ。はい、さよなら」と言った。後年、書物『本居宣長』に小林さんが書いていられるのと大差はないが、「やはり源氏ですよ」と小林さんが聞かれたのと、私の耳に残っている「何と言っても源氏ですよ」とでは、勢が違う。

その言い方の違いが、私は気になって、ずっと考えてきたのだが、この際、宣長の源氏研究の実際について考えてみようと思う。

宣長の『源氏物語』に対する情熱的な関心は、すでに彼の二十歳から二十一歳頃の著作と考えられる『源氏物語覚書』から始まり、遊学のため上京する二十三歳頃には「帚木《ははきぎ》の巻」に関する注釈を書写している。そして二十八歳で京都遊学を終って帰郷する年の宝暦七年には、『源氏物語湖月抄』二十五冊を買っている。この本はその後の生涯四度にわたって、彼が『源氏物語』を講義するのに用いた本と思われる。その翌年宝暦八年五月には『安波礼弁』の稿を起しはじめる。これは諸書に見られる「あはれ」の研究で、宣長の文芸観を知る上で重要な意味を持つものである。

こうした研究の面ばかりでなく、その頃の宣長は、自身の創作として『手枕《たまくら》』一巻を書いている。その内容は光源氏と六条御息所の愛情の発端が、『源氏物語』の中に語られていない点に着目して、そのなりゆきの様《さま》を描こうとしたものである。

これらの点を綜合して考えると、『源氏物語』に対する宣長の情熱と研究は、三十代でほぼ完成していると言っても過言ではない。『古事記』や『万葉集』の研究よりはるかに早いと思わねばならない。

折口の言った「宣長さんは、何と言っても源氏ですよ」という言葉の内容は、こういう事実を指しているとも取れる。しかしもう一つ違った意味を含んでいるのではないかと思われる節もある。宣長はこうした源氏物語体験を持った後に賀茂真淵と会い、その示唆もあって万葉集研究、さらに古事記研究に深い歩みを進めてゆくのだが、宣長の古事記訓読の上に、彼の身についた『源氏物語』のやさしく、やわらかな文体が影響しているという意味で、「宣長さんは、何と言っても源氏ですよ」という言葉になったのではなかろうか、とも思うのである。

試みに、両者の訓《よ》みを比較してみよう。

(古事記伝)

天地初発之《アメツチノハジメノ》時《トキ》　於高天原《タカマノハラニ》　成《ナリマセル》　神名《カミノミナハ》　天之《アメノ》御《ミ》中主神《ナカヌシノカミ》　次《ツギニ》高御《タカミ》産《ム》巣《ス》日神《ビノカミ》　次《ツギニ》神産《カミム》巣《ス》日神《ビノカミ》　此三《コノミ》柱　神者《バシラノカミハ》　並独神成坐而《ミナヒトリガミナリマシテ》　隠身也《ミミヲカクシタマヒキ》。

(折口の訓)

天地《あめつち》の初発《はじめ》の時　高天原《たかまのはら》に成《な》る神《かみ》　名《な》は天之《あめの》御《み》中主神《なかぬしのかみ》　次《つぎ》に高御《たかみ》産《む》巣《す》日《ひ》神　次に神《かみ》産《む》巣《す》日《ひ》神

此三柱神者《このみはしらのかみは》　並独　神　成坐而《みなひとりかみとなりまして》　隠身也《かくりみなりき》《こもりみなりき》。

短い例だけれども、両者の訓み方《よかた》の違いはおよそわかるだろうと思う。宣長の訓みは敬語を入れてやさしい。言ってみれば源氏物語的な語感に近づいている。折口の訓みは敬語を加えず、それだけ古風である。折口が、「宣長さんは、何と言っても源氏ですよ」と言ったのは、あるいは、こちらの方の意味をさしていたのかもしれない。

どちらにしても、折口が最後の重要な発言を思いつくのが、少し遅かった。だから唐突な言い方になってしまった。もし小林さんが敏感に反応して、もう一度もどって話を聞かれるか、再度の来訪をなさるかするとよかったのにと、後に『本居宣長』が刊行されてから、読んで心残りに思ったことだった。

この問題は別にして、小林さんの『本居宣長』の緻密な考察に、眼を開かれることは多かった。まず、あの緻密な遺言に注がれた決意と、それを実行に移した宣長の執着の深さを、つぶさに感受している小林さんの心に感動する。

実は私は前にも言ったように、宣長さんとは不思議な縁があって、皇學館の重要な年中行事の一つに、秋の命日に近い一日、全学生が山室山まで行軍して墓参し、和歌を献詠することがあった。更に本居家の菩提寺、樹敬寺の方丈をつとめていたのが私の叔父で、小学校の頃から宣長に関するいろんな話を聴くことができた。

小林さんが本居宣長を書くに当って、最初に折口信夫をたずね、次に或る朝、東京へ出向く用があって、鎌倉駅で電車を待っているうちに、突然に松阪へ行きたくなり、大船で大阪行の電車に乗ってしまったという、衝動的で無計画なように見えて、実は驚くほどその行動は的確である。

名古屋に一泊して、翌日松阪に着くと、タクシーで山室山の奥墓をおとずれようとする。だが駅前のタクシー運転手も山室山を知らなかった。戦後、ほとんど訪れる人もないのであろうか、と小林さんはいぶかしんでいるが、もともと、山裾にほんの小さな寺があるだけで、おとずれる人も稀な山寺である。大雨が降るとすぐ、奥墓まで登る道が流れて、女性や子供の足では登れなくなる。松阪の町の大きな寺に、代々の墓があるのに、と家族も門弟達も何を好んでと思ったに違いない。それを承知の上で、あの精細きわまりない遺言状をきっちりと残して、それに寸分の遺漏もないように遂行しとげようとする強烈な意志と、計画の緻密さである。本居宣長と小林秀雄の間に、ひそかに存在する共通性を考えるのは、よい研究テーマになるに違いない。

私は何より、自由なように見える江戸時代の市民社会の一人であるはずの宣長が、その古代的な純粋性を保った、いちじるしく特色のある墓地を築いて魂の鎮まり処を築こうとするのに、あれだけ渾身の情熱と智恵をしぼり、それでもなお葬儀の後に、遺族が紀州藩から叱正を受けなければならなかったと聞くと、少し心が暗くなるような気がする。しかし、この問題については、小林さんは深く入って行かれなかったようだ。

そうは言うものの、最近は逆の形で葬送の心が乱れているのを痛感する。風葬だとか、散骨だとか、樹木葬だとか、思いつき放題の感があり、かえって犬や猫などの葬り方の方が鄭重に扱われている気配すらある。

山室山の宣長の墓をやや下った所に、宣長の没後の門人の一人、平田篤胤の歌碑が建てられている。

なきがらはいづくの土となりぬとも魂《たま》は翁のもとにゆかなむ

この碑は、伊勢の篤胤の門弟たちが、師の心を汲んで建てたものだと、少年の頃から聞かされているが、胸に沁む話である。

小林さんも、山室山からちらりと伊勢の海が見えることを書いていられたはずだが、このことは当然、宣長がここに墓を定める思いの中にも、深くひっそりと心にとめられていたに相違ないと思う。

吉田健一

折口信夫が吉田健一と偶然に、しかし印象深い出逢いをしたのは、昭和二十三年秋のことだった。そのことを言う前に、敗戦前後の折口の状況について、少し述べておく。

昭和三年に彼が品川区大井出石町に転居した時から同居してきた藤井春洋が、昭和十九年に硫黄島の守備に配属されると、折口はすぐ春洋を養嗣子として入籍した。翌二十年三月末、硫黄島全員玉砕が発表された。八月十五日、敗戦の詔勅を聴くとすぐさま、折口は独り箱根の山荘にこもって、一月ほど山を降りなかった。敗戦の後の心を思い定めるためであったろう。山にこもる前日、かかりつけの医師に頼んで、かねてから悩んでいた痔の治療を受けた。山ごもりが決して消極的な気持からではなかったことを示すものである。

翌二十一年、六十歳になった折口は、学術論文の面でも、文学作品の上でも、新しい情熱の深まりを示し、彼の戦後の仕事を積極的に展開していった。そういう気分にあった折口から、二十二年の四月に「家《うち》へ来ないか」と言われて、私は何もわからないまま師のそばに居られることに胸おどらせて、その家に入ったのである。

春洋さんには、鈴木金太郎という中学生の頃から折口に私淑し、そのまま四十歳に至るまで生活を共にしたよき先輩の指導があったが、戦争中の学生で軍隊生活を体験し、神主の家の長男としての躾《しつけ》だけが幾らかの取得でしかない私には、師の家に入ってその独得の生活律になじむまでは、先輩の加藤守雄のような強い意志もなく、時にとまどうこともあった。

ただ後になってかえりみると、先輩たちは皆、師の折口と親子の間の年齢差だが、私は祖父と孫といった感じが自然な年頃であって、そのことが師との生活にのびやかな自在さを与えていてくれたように思う。思いかえしてみると、師との七年間は、親の膝下《しっか》にあった時より心が張りつめていて、楽しかった。豊かな感化を与えてくれる人が、身近にあって、未熟な私をいつも、人間的にも学問的にも、より深く導こうとしていてくれるという充実感を肌身に感じていた。

昭和二十三年秋、折口は詩集『古代感愛集《かんないしゅう》』で日本芸術院賞を受けた。そして第二次吉田内閣が発足し、総理主宰の文化人招待の会の案内が来て、出席した。

当時、大森駅から自宅までの暗い夜道を独り歩きするのは危くて、いつも私が時間を見計らって駅で先生の帰りを待っていた。その日は帰りが遅かった。十一時頃になると大森海岸のダンス・ホールから帰る女性が三々五々と駅にやってくる。ダンサーといえば聞えがいいが、当時、世間ではもっぱら彼女らを「パンパン」と呼んだ。多く地方の出身で、曲りなりにも英語の話せる高等女学校を出た健気な生活者が多かった。私が師の家に入る前に居た自由が丘の下宿にも、東北地方から出てきた人が二、三人居て、私と同宿して実践女子大に通っている妹に、化粧を教えてくれたりした。

たまたまそんな顔見知りの女性から「岡野さん、こんな時間に寒い所で何してんのさー」と声をかけられると、驚いてとびあがるような気持になった。こんなところが先生の眼に入ったら大変だと思って追いたてるようにすると、「この人、婦系図《おんなけいず》の先生みたいな人の家に一緒に居るのよ。かわいそうに」と、ラッキーストライクをそっと持たせて去って行く。

戦争に負けて帰った学生と、進駐軍を相手に生きる健気な女性との間に、若い人間の抱く悲しみがほーっと通いあった、ほんの短い期間のはかない思い出である。

先生は十二時近くなって、珍しく蹌踉《そうろう》とした足どりで改札口にあらわれ、ハンチングを手に持って振りながら、駅員にねぎらいの声をかけて、何時《いつ》にない上機嫌である。

「楽しかったですか。よかったですね」

と言うと、

「うん、今日は実に珍しく、たのしい人に遇《あ》ったんだよ。つい遅くなってしまったが、寒かっただろう」

それだけで、待って居た間の思いなど、すべて消えてしまうのだった。

ついさっき別れてきた人の印象が、まだ鮮やかに残っているような感じで、折口は話した。

「吉田茂さんの息子で、健一さんという人を知っているだろう」

「ええ、最近の貧窮生活を書いたエッセイを読みました」

「実に文学がよくわかっている人なんだ。あの人に、國學院の学生に文学概論を講義してもらえたらと思う」

総理招待の会場をぬけ出て、おそらく神田のランチョンあたりで、ビールの杯をかさねながら存分に二人で語りあったのだろうと思われる、心のたかぶりが感じられて、私もたのしかった。

その後の折口の行動は早かった。すぐ、若い頃の教え子で、今は大学の教学面で実行力のある松尾三郎理事長と相談して、折口自身が吉田さんをたずね、翌年からの講義の諒承をとりつけてしまった。

昭和二十四年の新学期から吉田健一講師の「文学概論」の講義は始まった。私は朝から晩まで折口につき切りだから、吉田さんの講義や人柄に興味があるのだが、その教室をのぞく暇がない。研究室の学生に様子を聞くと、講義は新鮮で魅力があるが、話の中の作品や作家に対するこちらの理解が足りないので恥ずかしい思いですとか、雨の日はきまって休講になるので、英国型の紳士のはずなのにアンブレラは持っていられないのだろうと皆で噂してますとか、他愛ないことを言った。

この年、吉田さんは三十七歳。十三年遅れて生まれてきた戦中派の私には、よき時代の最後の時期を、私などの想像を超えた自在さで過すことのできたこの人の、おおらかなのびやかさが、まぶしくうらやましかった。

伊勢の神宮皇學館の普通科で、中学一年から全寮生活を送り、古典を主にした教育を受けてきた私は、休日になると山田の書店で買ってきた岩波文庫の赤帯（外国文学）の本を読みあさったり、白水社のフランスものの本を注文して取り寄せたりして、何度も舎監の老先生から「小説を読む者は不良じゃ」と叱られていた。皇學館を卒業して東京の國學院大學に進んだのも、神主になる前に少しでも広い学問や文学に触れてみたいと思ったからだ。

当時の國學院の英語主任には、能楽に堪能で、『シャーロック・ホームズ』の翻訳で親しまれている菊池武一教授が居られて、謡曲で鍛えた声で朗々とテキストを読まれた。

折口も推理小説が好きで、戦後に折口は詩を多く作ったが、『詩学』の編集者から詩を頼まれると、原稿料の代りに確か、同じ系列の出版社から出ている『宝石』を送ってくれるように頼んだりした。当時、『宝石』の別冊号として刊行している欧米の推理小説を一定の所まで読んで先生と犯人の当てくらべをしたのも、夏の箱根山荘でのことだった。

ある日、焼け跡を夕陽が照らす渋谷の丘を、折口・菊池両教授が熱心に語りあいながら降りてゆく。どんな話が交されているのかと心を誘われてそっと近づいてみると、二人はシャーロック・ホームズの話に夢中なのだった。

実は私が吉田さんに初めて会ったのは折口が亡くなって丸二年ほど経たのちのことだった。大学の教務課から連絡があって、吉田さんが是非会いたいと言っていられる、という。

早速お宅をたずねた。学生の噂に聞くだけで、初めて逢う吉田さんは、話しぶりや身のこなしが一眼で、これは折口と初対面ですっかり心のうち解けあったはずの人だと、納得することができた。

何よりも不思議なことに、お二人は身体的に似通ったところがあった。まず感じたのはその体のどこからともなく、敢えて言えば顔の表情、体全体から自然ににじみ出す含羞の感じである。それは外面的な現れというよりは、内面の心のありようがおのずから表に現れ出たものだ。

折口は少年の頃から、富士額の整った容貌にもかかわらず、自身ではその顔にはげしい嫌悪感を持ち、その記憶を後年「乞丐相《コツガイサウ》」という詩の中に、自らつぎのように歌っている。

薄き眉　まなじり垂《タ》りて
低平《ヒラ》みたる鼻準《ハナスヂ》流れ
顴骨《ホヽ》方凸《ケタ》に、受け脣《クチ》薄く
顎張りて　言ふばかりなき　えせがたち
見つゝ駭く。

かくばかり　我が似る貌の
かくばかり　何ぞ　卑しき——。

我が母は　かたちびとにて、
我が父は　うまびとさびて、
端正《キラヽ》し　伉儷《タグヒ》よろしと
里びとの言ひ来るものを——
我のみや　かくし醜《シコ》なる——
わが兄や　我には似ず。

わが姉や　貌よき人—。
うち顰《ヒソ》屈み悲しむ我の、
わが歎く顔を　をかしと、
其《ソ》よそれぞ　乞丐《カタヰ》の相《サウ》と
兄たちの　あざみ笑ひし
そのかみも　遠くなりつゝ—、
乞食者《ホカヒビト》の群れにも入らず
さきはひは　いまだ残りぬ。

戦後になって自分の少年時のかなしみを回想した長い詩の一部だが、中学三、四年頃の折口の写真には、この詩を思わせるような暗い表情をしたものがある。折口には端麗な顔の鼻筋の左側に、したたるような青痣《あざ》があって、少年の頃は白い顔に浮きたって眼についたのだろう。後年、それは彼の容貌のするどい風格となって、見る者の心を引き締めた。

室生犀星は『我が愛する詩人の伝記』の中で、折口の顔の痣について、次の様に書いた。

私の額に沼空のような痣があったら、私はまず一篇の詩を書いて、この痣を見るひとの胸をぐっとつまらせて見せたかった。

痣のうへに日は落ち
痣のうへに夜が明ける、有難や。

吉田健一の容貌に、少年折口を憂鬱にさせたような弱点があるわけはない。その幼年期・少年期、ケンブリッジ入学の頃のいずれの写真も、自信にあふれて堂々としている。それにもかかわらず、私が吉田さんに初めて逢って、吉田首相の招宴の群衆とも言うべき文化人の集団の中で、おそらく誰が紹介したということもなく二人をぴたりと意気投合させたのは、もう一度くり返すようだが、二人の身体的な特徴、あるいは挙措動作の上におのずからにじみ出す、優美さをすらともなった、不器用なはにかみの表情であったろうと思う。

初めて吉田さんと会って、私はたちまちその含羞を示す表情になつかしさを感じ、今は亡き折口信夫が耐えがたい切なさでよみがえってきた。そういう私に、吉田さんは語り出した。

「僕の母は、釋さんの和歌が大好きでした。『海やまのあひだ』をよく読んでいました。晩年には『死者の書』も読んだろうと思います。その釋さんから、うちの大学へ来て文学概論を講義するようにと頼まれては、僕はお断りすることができないのです。釋さんは『もういいよ』とおっしゃらずに亡くなってしまわれた。それでやめることができないでなお、二年間講義をつづけてしまった。岡野さん、もういいでしょう」

私は胸が熱くなって、「ありがとうございました。折口もきっと、心からお礼と、おわびを申していると思います」と言うほかはなかった。

吉田さんは母について、二つの短いが心にひびく文章を書いている。一つは一九五四年、『暮しの手帖』の「母に就て」という特集の「一番好きな顔」という文章だ。

母親のことを思ふと、人間は余り他人の為にばかり生きて行かうとしてはならないものだといふ気がする。自分の都合を考へることもしなくて、他人にどうしてやればいいか解る筈がない。慈善家といふものが大概、変に嫌らしい、白痴めいた表情をしてゐる所以である。母はそれ程ひどくもなかつたが、もう少し自分のことを考へたならば養生ももつと行き届いて、従つて死なずにすみ、今日でもあの妙に太い笑い声が聞けた筈なのである。母の声が太かつたことを、今になつて思ひ出した。太いから、普通は低くて、いい声だつた。よく歌を歌つて聞かせてくれたものだつたが、こつちを大人扱ひする癖があつて、歌つて聞かせるのは割合に早く止めてしまつた。

母が夜会の服装をしてどこかに出掛けることになつて、その真紅の天鵞絨の服に眼を奪はれた。女といふのが美しいものであることをその時始めて知つた。母は化粧すると、片方の眼が片方の眼より低くなつた。それが如何にも愛らしくて、今思ひ出して見てもあの顔が一番好きである。因みに、母は馬のやうに大きな眼をしてゐた。

母の雪子は、明治の元勲大久保利通の次男の牧野伸顕の長女である。夫の吉田茂との間に二男・三女と五人の子を残して、昭和十六年十月七日に死去した。健一は二十九歳で、その少し前の五月十三日、野上豊一郎・弥生子夫妻の媒酌で大島信子と結婚している。

健一の記憶している、「よく歌を歌つて聞かせてくれた」母の記憶の中には、童謡ばかりでなく時に母の好きな釋迢空の歌集『海やまのあひだ』の歌を朗誦する声もあったかもしれない。戦前は自分の愛誦する短歌を、男女にかかわらず持っているのが普通で、声を失ってただ歌を活字だけで黙読するようになったのは、日本人と短歌の長い歴史の中ではほんの最近のことなのである。

折口が亡くなって翌々年、まだ吉田さんが「文学概論」の講義を続けていられる時、『折口全集』の編纂が始まって、その月報のための原稿を吉田さんにお願いした。第一期の『折口全集』第二十四巻の月報に附せられた文章は、「死者の書」という題で、その主要部はかつて、山本健吉・伊藤信吉・中村光夫らと始めた同人雑誌『批評』に書いたものの引用であった。

　例へば文学は釋迢空氏が最近再刊された『死者の書』の如きものであつても、いいのである。この作品が新しいのは、作者がその想像力を捉へた題材に即して自由に、といふのは必ずしも易々とではなく、おのれがそれに与へやうとする造型性を実現する為には用語、構成、考証その他如何に微妙な困難も克服して、然も常に作者の想像力を制作の指標に掲げて一つの作品を仕上げて行く点にある。即ちここにあるのは作中の人物と風景と、彼等の行為が我々の脳裡に印する陰翳だけであり、作者の粒々の苦心はその背景に隠されてこれ等の影像の克明さにおいてのみそのやうな努力があつたことが窺はれる。（中略）

ではこれは大人のお伽噺だといふものがあるだらうか。併しお伽噺が子供にとつて魅力ある作りごとであるならば、元来小説は大人を魅するに足る作り話だつたのであり、日本で年に幾百と制作される作品の中にそれだけ本質的に小説的な要素を備えた小説が幾つあるだらうか。その中の或るものが傑作の名に価する。将来日本に観念小説の伝統が作られるならば、『死者の書』はその先駆的な傑作の一つに数へられることを私は信じてゐる。

この文章が発表された時、折口は雑誌『批評』でこれを読んだ。同人に慶應での教え子の山本健吉が居て、山本もまた別に『死者の書』について「美しき鎮魂歌」という評を書いている。吉田さんは、右の文章の終りに「随分ぎごちない文章であるが、折口さんはこれを読んで下さつて、それが何かの縁になり、確かその翌年から國學院で講義することになつた」と書いていられる。おそらく『死者の書』のことが、首相招宴の席でもまず話題になり、やがて次第に話が展開していったのであろう。

古典の研究を専門にしてきた國學院大學の学生にとっては、吉田さんの講義は新鮮で魅力があったに違いない。従来の学生と違って、嵐山光三郎とか、海老沢泰久というような人が出るようになったのも、直接に吉田さんの講義を受けたか否かにかかわらず、その後の大學文学部の動きに新しい波が生まれたことを示すものである。

ちょうどそういう気運とひびきあうようにして、従来は菊池教授に代表されていた外国語の教師に、丸谷才一、中野孝次、橋本一明《いちめい》、飯島耕一、川村二郎というような、若い元気な人々が集まってきて、外国語研究室が談論風発、生き生きとした研究と評論の場になっていった。吉田さんはそういう若い人達とは年齢も上で、距離を置いていられたようだが、後年、丸谷才一、大岡信のお二人と私が連句を巻くようになると、その一座の談論の中に、吉田さんの名が度々出ることがあった。

吉田さんがやめられたあと、後任を誰に頼むかということで、松尾理事長とも相談して山本健吉さんに決まった。文学の視野が吉田さんとは違うけれども、日本文学の伝統を折口信夫の視点から見通し、俳句・短歌の批評眼を確かに持って、折口が望んでいた日本の詩の独立した批評のできる人という点で、適切な人であると思われた。つまり折口が『歌の円寂する時』で憂いた、短歌に自立した批評家が出ないで、歌人の片手間批評の形が昔から現在までまかり通っていることを、歌の衰える三つの原因の一つにあげた、その点を考えると、山本健吉の仕事は大切な意味を持っていると見るのが、松尾理事長と私の思いであった。

そうして山本さんに代って一年を経た頃、山本家の奥さんから一度来ていただきたいと電話がかかってきた。行ってみると、講師料が一度もとどいていないということで、早速松尾理事長に言って調べてもらうと、担当の者が毎月お宅へ持参するはずなのに、一回目を怠り、二回目を怠りして、届けていなかったことがわかった。それはすぐ決済がついたのだが、ふと気になったのは、前任者の吉田さんにも、同じ失礼をかさねていたのではないかということだった。気になり出すとどうにもたまらなくなって、『折口全集』についての相談があるということを口実にして、お目にかかりたいというと、例のごとく「ランチョンで会いましょう」と言われた。

　吉田さんは先に来て、一番奥の席でゆったりとジョッキを傾けていられた。頃あいを見て今日お目にかかった真意を話すと、あの明るく相好を崩した無邪気な笑顔になって、まったくそんな懸念はいりません。きちんととどけてもらっていました、と言われた。

山本健吉

まず、私の知らない時期の山本さんを、『山本健吉全集』（講談社）の年譜の要点をたどって記してみる。

明治四十年（一九〇七）長崎市に生まれた。山本は本名石橋貞吉、父は明治二十年代に評論家として活躍した石橋忍月であり、母の翠は加賀藩家老の八家の一つ横山家の生まれであった。忍月と翠の間には六男三女があり健吉はその第五子。

大正十三年（一九二四）十七歳。長崎中学から慶應義塾大学予科に入学。同期に田中千禾夫《ちかお》、原民喜、滝口修造らがいる。六月、原民喜と三田の慶應の講堂で、小山内薫の築地小劇場の旗揚げ記念公演を聴く。

大正十五年・昭和元年（一九二六）十九歳。二月、父忍月死去、六十一歳。四月、前年イギリスから帰国した西脇順三郎が文学部教授に就任し、予科のクラス担任となる。テキストはプラトンの『国家』。夏、原籍地福岡県で徴兵検査を受け、丙種合格となる。

昭和三年（一九二八）二十一歳。四月、折口信夫が文学部教授に就任し、「芸能史」「文学史」

「国文学演習」を担当。予科時代から、折口の歌集『海やまのあひだ』を読み、折口と親しい国語の教師横山重《しげる》の講義を聴いていた山本は、ためらわず文学部国文科に進学。年譜の中にはこの点について、「折口の講筵に列したことが、アララギ風の短歌観から決定的に離反し、日本の文学と詩との伝統の持続と発展へ目を向ける契機となる」と特記している。

昭和四年（一九二九）二十二歳。藪秀野と結婚。横山重の斡旋により、古典の校訂の仕事や、家庭教師などを行う。この頃、マルキシズムの文献を読むようになる。解放運動犠牲者救援会の活動に参加。

昭和五年（一九三〇）二十三歳。横山重の紹介により、『三田文学』に左翼的な評論や小説を発表。十月、日本赤色救援会東方地方委員会城南地区委員会に所属（中央常任委員）。この頃、プロレタリア詩運動を推進していた伊藤信吉らと知り合う。

昭和六年（一九三一）二十四歳。三月、慶應義塾大学文学部国文科を卒業。

昭和九年（一九三四）二十七歳。（前年に改造社に入社）三月から『俳句研究』の編集に従事。五月、原民喜の生活ぶりが特高警察の注意を引き、往来していた山本も検束される。山本は淀橋署に二十日間拘留され、自己の行為について手記を書かされ、その職を失った。

前々回に書いた小林秀雄は一九〇二年生まれ、前回の吉田健一は一九一二年生まれ、そして今回の山本健吉は一九〇七年の生まれで、山本が大学予科へ入学した一九二四年にようやく私はこの世に生を受けたのである。大正から昭和初期の時代を、自由に生きることのできたこの人達を、戦中派末期の世代に属する私などは、うらやましく思わずにはいられない。

戦後、軍隊から解放されて折口信夫の家に住むようになって接した十歳ほど先輩の、伊馬春部《いまはるべ》、加藤守雄、池田弥三郎、戸板康二といった人達も、山本健吉ほどには自由な心での学生生活は体験できなかったはずだ。そんな思いを感じ取ってもらいたくて山本の年譜を引用したのだが、書いているうちに実はそれは考えが逆で、戦時中の生き方も考えも規格化され統一された私どもの生き方のほうが、かえって安易に生きられたのではないかという声が、どこからか聞こえてきそうな気もする。もの心ついた時から戦争の中で育った、規格化された世代の心弱さだろうか。

とにかく、私にとって小林秀雄とか、山本健吉といった人は、身近でありながら遠い世代の心を惹《ひ》かれる、気がかりな人達である。その山本さんに、私が初めて逢ったのは何時のことだったか、確かな記憶がない。折口の家に入って、新しく先生の書いた著作を贈る人の中にいつも石橋貞吉の名があった。

昭和十八年に小説『死者の書』が青磁社から刊行された。当時は春洋が再度の応召で軍隊に在って、加藤守雄が折口の家に居た。これと思う人々に『死者の書』を贈呈したのだが、礼状は来るものの、心待ちにしている書評がなかなか出なかった。折口はそれを苛立って「あの作品をきちんと評価できないのは、日本文壇の恥だよ」と言って憤然としたという。そして、身近に居る加藤に向かって、「君でいい、ひとつ思い切って『死者の書』の評を書いてみないか」と言った。当時三十代なかばを過ぎて批評活動に励んでいた山本健吉へも、折口の呼びかけがあったに違いない。

昭和二十一年三月、『三田文学』に山本の「美しき鎮魂歌――『死者の書』を読みて」が発表された。この評論は「戸川秋骨賞」を受け、やがて坂本徳松や川村二郎らの新しい批評が書かれてゆく。

私は昭和二十二年四月から折口の家に入ったのだが、その頃の折口は『死者の書』とは別案の小説を書こうとする計画を持っていたようで、その冒頭の五十枚ほどの内容は、悪左府《あくさふ》と呼ばれた藤原頼長が高野山にのぼり、僧侶たちが弘法大師を生前の姿さながらに手篤くまつる祖師堂を強引に押し開かせ、祖師像と対面する場面が書かれていた。さらにその作品に関連して、頼長の日記『台記』やその『別記』を座右に置いて、丹念に眼を通している。ひまを盗んでそっとのぞいてみると、身近に使う若い男を寝所に引き入れるというふうな記事に、さっと傍線が引いてある。次作の「死者の書」は、第一の『死者の書』の中将姫伝説とはかなり違った内容になるらしいと、胸のときめくような思いがして、あの硫黄島の地下壕で火焔放射の中に身を焼かれてゆく春洋さんへの切ない思いを、私なりに勝手に連想したりもしたが、結局この作品は書きとげられることは無かった。

この年の九月二十六日、山本健吉夫人で俳人の秀野さんが、幼い安見子さんを残して亡くなられた。絶筆となった「蟬しぐれ子は担送車に追ひつけず」は、深く人々の心に残った。

当時、山本さんは関西に住んでいたが、独立して角川書店を開いた角川源義《げんよし》氏から、上京して編集長となって力を貸してほしいという要請があったらしい。角川氏は國學院における折口の教え子で、折口の指導する短歌創作の鳥船《とりふね》社の同人でもある。大学こそ違うけれど師を同じくする同門としての意識は深い。

しかし、学生時代から戦中・戦後の世の変動や身の辛酸を体験した山本さんは書簡で、慎重に師の折口に身の処し方についての教えを乞うてきた。師の家に入った日から、簡単な手紙は私が口述筆記したり、代書したりしたが、この時の山本氏宛ての返事は先生自身が実に緻密に、相手の家の歴史、先代からの経営のあり方、現状から将来への見通し、共同して働くことになれば両人の心得べきことなどを、詳細にしたためたものであった。

山本氏の年譜、二十三年十一月の条には、「角川書店編集長となる」と記されている。その後は折々、東京で会うことがあったが、いま私の心に深く残っているのは、昭和四十年代になった頃の、桜にかかわる吉野山での思い出である。


ことの起りは私の戦中体験にある。あの戦争の末期、大学予科生として愛知県豊川市の海軍工廠で働いていた私も、昭和二十年一月召集を受け、大阪府布施市の新設部隊に入隊、一期の検閲を終って幹部候補となり、四月、霞ヶ浦周辺の防備のために一大隊を乗せた軍用列車で移動中、品川を過ぎる頃からB29大編隊の空襲を受けた。山手線に入って巣鴨と大塚の間であたりは火の海となった。私は東京の地理を少し知っているからというので、歩哨《ほしょう》を命じられ、一部始終を詳細に観察していた。

今でも巣鴨と大塚の間の山手線に沿った土手の上の道は桜並木になっているが、あれは戦後植え直したもので、折しも満開の桜があたりに渦巻く業火にひたすら耐えて咲いているのだが、熱風に包まれて限界に達すると、ぱっと、ひと固まりの火焔となって燃えあがり、次々に伝播してゆく。幸《さいわい》に線路は一段低くなっていて、線路脇に細い溝があり、われわれ兵隊も逃げてきた市民も、互に溝の水を掛けあって熱さをのがれ、呆然として焼けほろびゆく桜を見上げていた。自分達がまるで業火を描いた絵巻物の中に居るような気がした。

ごうごうと腹にひびく爆音と、からからと乾いた筒型の焼夷弾の降ってくる音の中で、一瞬に列車は火に包まれ、家並は炎の海となって燃えさかった。巨大な焔の舌は、これでもか、これでもかとわれわれの頭上を襲った。咄嗟の本能的な反応で、私は銃と帯剣と防毒マスクと三食分の乾パンを入れた雑嚢《ざつのう》は身につけていたから、焔と煙の中で防毒マスクをつけて難を防いだ。翌朝になってみると、大隊長すら防毒マスクを忘れて、睫毛は焼け、眼はまっ赤に充血していた。私は数人の兵と残留を命じられ、焼けただれた大隊砲、軍馬その他の処置、散乱している市民の遺体の処置などの作業に当った。

七日目に茨城県石岡市の連隊本部に報告し、所属小隊の宿舎の鉾田町の小学校に行くと校庭の桜が満開で、厚いラシャの軍服の肩に胸にはらはらと散りかかった。その時、今まで忘れていた死体を焼く脂の臭いがわが身からにじみ出る体臭のように、禍々《まがまが》しく臭い立った。

ああ、俺は一匹の修羅だ。俺はこの後いつまでも桜を美しいと思うことはあるまい、と思った。それから数年のち、多少は歌が詠めるようになった時、私はこの時の思いを次の一首に詠んだ。

すさまじく　ひと木の桜ふぶくゆゑ、身は冷えびえとなりて　立ちをりその後、戦争が終って折口の家に入り、一緒に外を歩いて桜の下を通ると、「桜はさびしい花だね」と先生がつぶやくことがしばしばあった。ああ、先生もあの荒涼とした南海の小島で死んでいった、春洋さんをこの桜の下で悲しんでいるのだな、と思った。

しかし、私などよりずっと広く深い、日本人としての桜体験を胸の奥深く持っている折口は、私のように単純ではない。私が最初に折口の口述を筆記したのは、先にも述べたが昭和二十二年四月の雑誌『旅』に載った「花幾年」という随筆である。私は緊張して夢中で筆記したのだが、年を経て読み返せば読み返すほど味わいの深い、吉野の桜にちなんで自分の胸の奥の大切な思いを、縷々《るる》として語っている。

前半はこの人の癖で、なかなか本音が出ないで低回しているのだが、後半になると俄《にわ》かに思いが濃くなる。何とかして、是非一度、すばらしい吉野の桜を敬愛してやまぬ柳田國男先生に案内してお見せしたい。そういう一途な思いで、戦争の厳しくなった昭和十八年と十九年と二度、花どきの吉野で一番眺望のよい宿「桜花壇」に部屋を取って待っている折口と、二度とも口実を作ってさりげなく、折口の招待をやり過してしまう柳田との話である。

この文章の最後は、「ほんたうに無理でも、一時間でも半時間でも、先生の前に立つて、花のお伴がしてあるきたい。／さう希ふ私すら、もう今年あたりは、とる年をしみ〴〵感じてゐる」という さびしい言葉で終っている。そしてこの文章を書いた六年後、柳田よりはるかに若い折口の方が先に世を去ってしまう。

折口が亡くなってから二十年ほど過ぎた頃だったろうか。雑誌『短歌』の編集者でかつて私が教えた秋山実君が、山本健吉さんについて吉野に泊っていて、「岡野さんは苦しい戦争体験をして以来、桜を美しいと思わなくなったと言っています」と話したらしい。山本さんは「なに、歌人が桜を厭うて何とする。すぐ吉野に来るように、電話しなさい」といったらしい。秋山君の電話を受けて、私はすぐ吉野へ旅立った。発つ時、岩波大系本の『山家集《さんかしゅう》』を一冊持って列車に乗り、車中でひと通り読み通して吉野に着いた。西行の歌集には初句に「吉野山」という言葉を置いた歌が十五首もあって、吉野への思いの深さが身に沁みて感じられた。

山本さんは桜の谷がしろじろと一眼で見おろせる「桜花壇」の部屋で、もう薄暗いのに電灯もつけず、不機嫌な顔でむっつりと座っていた。机の上には『山家集』が閉じたまま、ぽつんと置いてある。思った通り、自分が企画者の一人であるはずの筑摩書房の「日本詩人選」の一冊、『西行』の執筆がなかなか進まないのだな、と察しられた。

秋山を通して呼んで下さったお礼を言ったのち、「ここへ来る列車の中で『山家集』を読み通してきましたが、初句に『吉野山』と据えた歌が十五首ほどもありました。あれはほとんど『吉野山よ』と呼びかけた、熱い呼格《こかく》の歌と見てよいのでしょうね」と言うと、ぱっと顔が明るくなって、「うん、それだけわかればいいよ。明日は一日、この眺めのよい部屋を君にゆずるから、吉野の花を楽しんで帰りなさい」とやさしく言って下さった。

吉野の花の心に沁む眺めの特色は、谷から谷風に乗って吹き上げてくる白い花びらの波が、一度空まであがって、また谷にむかって流れくだってゆく、そのすがしく華麗な美しさを見つづけられるところにある。旅館の建築もそれを見るのにふさわしい吉野建《だて》と言って、谷に向かった斜面に沿って、五階も六階も高く建てられるから、階段の上《のぼ》りくだりが急で大変なのだ。その点、「桜花壇」は谷をへだてて真向いに如意輪寺・後醍醐天皇陵が望まれ、右手に中千本の桜が咲きそろって、敷地も広く取ってあるから階段もゆるやかで、私は二代目の主人から頼まれて新しい湯船の名までつけたのだが、数年前から営業をやめてしまったのが残念である。

ここ数年、私は杖に頼って吉野山をおとずれ、長谷川櫂さん、三浦雅士さんと連句を巻いたり、俳人の仲間に入れてもらって、不馴れな俳句を作ったりしている。吉野は小学校五年の夏、隣村の大先達に導かれて修験道の大峯山《おおみねさん》に登拝登山して以来の、私の心の修行の地でもあるのだ。

話をもう一度、山本健吉さんにもどして言うと、前川佐美雄、角川源義夫妻、森澄雄、前登志夫、中上健次、馬場あき子などという人たちと、折々に吉野で花の季節に行きあわせて、花をながめ、酒を酌み交し、話に聞き入ることが多かった。中でも座談の名手は前川佐美雄氏で、山本さんと一緒に吉野山の奥の花矢倉の茶屋で、酒を呑みながら聞いた話は忘れない。

「吉野では百年に一遍くらい、全山の桜が風ひとつなく咲きみちて、咲ききわまった時に突如として烈風が吹きおこって、すべての花を虚空に巻きあげ、やがて一斉に降りくだる時がありますのや。それを花醍醐いいますのや。そりゃ見事だっせ」「えっ、ご覧になったことありますのか」「いいや、ありまへん。なんせ、百年に一遍だっせ」

前川さんという人は講演などは駄目だが、こういう話になると、不思議な迫力の出る人だった。「わてな、あの葛城山《かつらぎさん》、売ったりましてん」と言われると、むかし葛城山を領有して恐れられていた一言主《ひとことぬし》さんよりも、この人こそ大和の主《ぬし》なのかしらん、という気がしてくる、不思議に縹《ひょう》渺《びょう》とした感じの人だった。この人と真面目な山本さんとが対話しているのを、黙って聞いていると、ほのぼのとおかしかった。

中上健次さんと一緒に泊ると、夜中まで呑んでいて、突如として「岡野さん、この月の下で法《ほ》螺《ら》貝《がい》を吹いて」とねだられる。入れ歯にならない前の私は法螺貝がうまく吹けた。深夜の山に向かってびょうびょうと鳴りわたると、あちこちの谷あいから、誘われたように紀州犬の遠吠えする声が聞こえる。中上さんは、昔の狼の声だと言って喜んだ。

『山本健吉全集』の年譜を見ていると、さまざまなことが思い出される。昭和五十四年四月には「吉野へ行き、岡野弘彦、前登志夫と対談」とあって、その対談は『短歌』の七月号に載ったと記してある。前さんのお宅へ山本さんと訪ねて行ったこともある。深夜まで呑み、かつ語りあって、最後には、村上彦四郎義光《よしてる》にゆかりの、骨身に徹るような寒い夜の桜を見て帰った。

最後に、山本さん、井上靖さんと、硫黄島を訪ねたことを記しておきたい。山本氏の年譜の昭和五十八年（一九八三）七十六歳の九月のことである。年譜には以下のように記してある。

九月　鎮魂と平和祈念の碑、及び迢空歌碑除幕式のため、都知事（東氏）、栗林師団長夫人、井上靖、岡野弘彦らと硫黄島へ行く。因に山本健吉は建碑の由来を、井上靖は碑銘の撰文を担当。

この頃は山本さんは体の具合があまり良くないようで、出発の前日から山本・井上・私の三人は空港に近い旅館に泊って、体を休養した。井上さんは旧制の高等学校の時代から柔道で鍛えたという、見るからに骨太で頑健そうな体で、就寝前にも自分流の体操をして寝につかれた。

飛行機は米軍の軍用機で、座席も粗末でエンジンの音も機体の振動も大きく、耳栓をして座席に身を押しつけるようにして座っていた。実は硫黄島の様子は既に、折口が亡くなる前年の昭和二十七年一月の末に、元海軍大佐の和智氏の一行が戦死者供養のため訪れるに際して、朝日・読売・毎日三社の記者も同行した。そのうち読売の記者の撮った写真に、藤井春洋の名の記された書類があった。後日その記者の窪見氏に先生と私が会って、詳細に硫黄島の様子や、書類の発見された壕の様子を聞くことができた。

その後で先生は次のように語っている。

「いままで、春洋の戦死について、一片の通知書や、形ばかりの遺骨を受け取っても、どうしても心に納得がいかなかった。今日はじめて、春洋は硫黄島で戦死したのだということを、心の底から信じることのできる気持になった。そしていままでにない、心のしずまりを得ることができた。もしできることなら、いつか硫黄島に渡って、春洋の死んだ洞窟に入っていって、自分の眼でその跡を確かめてみることができたら、さらに心が落ちつくことだろうね」

その時から更に三十余年たって、いま、私自身が硫黄島の土を踏み、地下の迷路のような壕を歩いているのだが、薄暗く静まりかえった地下の穴は、あまりにより所なくむなしくて、言いようのない悲しみのほかは、胸に湧いてくるものはよすがなくはかなかった。山本さんも、重く頼りなさそうな体を、支えるようにして動いてはおられるけれど、その後姿はすべもなく、はかない感じであった。

去年（二〇一五年）は戦後七十年、私は二度鹿児島を訪れ、知覧やその周辺の特攻隊の発って行った跡をたどったが、よみがえってくる思いは、やはり、ただむなしく、すべもない切なさだけが身に沁みた。

異境の家

大和の飛鳥から東方の伊勢神宮をめざす古道が、長谷寺・室生寺を過ぎ、大和から伊勢へ踏み入ったあたりで脇道にそれる。その行きどまりの山深い村が私の故郷である。

古い名称では、伊勢ノ国一志《いちし》郡八幡《やはた》村字《あざ》川上と言う。その山あいから流れ出て一志平野をうるおし、津市で海にそそぎ入るのが雲出《くもず》川で、源流の二つの谷の合流点の台地に鎮座する若宮八幡神社が、私の祖先が三十余代にわたって神主をつとめてきた神社である。不思議なほど、信ずべき社伝も、詳細な神主の系図も伝えていない。

民間の常識的な考えでは、八幡様は応神天皇、若宮八幡はその御子だから仁徳天皇ということになるが、長い変遷を経た八幡神やその若宮の信仰は、単純に歴史化できるものではない。八幡信仰はまず九州の宇佐八幡から広く流布し都にまでおよび、更に日本全体におよんでいったと考えられる。私は若い頃に九州の宇佐神宮をおとずれ、八幡信仰の根元ともいえる大元《おもと》山の神秘に触れた体験を、『神がみの座』という書物に記したことがある。

話をもどして、私の村から「杉峠」という峠ひとつ越えた多気《たげ》村は、伊勢街道に沿った宿場で活気があり、北畠氏の居館跡や山城の霧山城の旧蹟があり、北畠神社が祭られている。古くは何らかのつながりがあったはずだと思うが、確かな資料はない。私が四十代から五十代の頃、当時の近鉄が提供する「真珠の小箱」というテレビ番組があって数回出演したが、北畠氏の遺蹟をたずねるロケーションの中で、「霧山城の上で法螺貝を吹いて下さい」という注文があって、頂上に近い土塁の上で、持参した陣貝をびょうびょうと吹き鳴らしていると、俄かに谷から突風が吹きおこって城山の古木の枝を吹き撓《たわ》め、山全体がざわめいた。スタッフと顔を見合わせて、粛然とした思いであった。

　藤堂氏が津の藩主になってからは、武神としての崇敬が篤く、藩主から奉納の甲冑などが伝えられている。私が國學院大學に入った時、父に連れられて麻布の藤堂家御当主にお目見得にうかがった。父は晴れがましい様子だったが、私は何となく身にそぐわない気持でおちつかなかった。

　曽祖父で三十二代神主の静馬は若いうちから勤勉な人で、村から神社までの細く険阻な山道の幅を広げ、橋を架け、急峻な峠を平坦にして、参拝者の便を計った。その入費には、私の幼時まで村の中央部に禰宜《ねぎ》屋敷と呼ばれて残っていた、一町四方の家屋敷を手放して充てたという。新しい道が完成し、神社のそばに手狭ながら住宅と社務所を新築し、これから家職に専念しようとした二十八歳で、珍らしく麻疹《はしか》にかかって急逝したと伝える。

　祖父の弘賢は六歳で父に死別し、宇治の内宮の御師《おし》の家に神主の修行に出された。寝てもさめても母のもとへ帰りたくてたまらない。ふと天井を見あげると、正月に餅の染料に使うまっ黄色な梔子《くちなし》の実が束ねてさげてある。あの毒々しく見えるものを食べたら、きっと体を壊して家へ帰されるに違いないと思って、猛烈な苦さをこらえて口一杯にほおばった。あまりの苦さに胃の中のものをもどしてしまったが、何もおこらなかった。その代り口のまわりが黄色に染まって、しばらく取れなかった。

御師の家のお婆さんがその様子を見てあわれがり、数日母親のもとに帰らせてくれた。それから何年かかけて神主修行をすませ、若い祖父が家職を継いだのだが、父親の厳しさを知らないで育った若者は、かなり我儘《わがまま》であったらしい。腕力が強くて、村の力自慢を呼んで夜を徹して腕相撲を競いあったり、猪狩りが好きで猪が出たというと、白衣のまま銃をかついで勢子《せこ》を叱咤しながら走りまわったというような話が伝えられている。

その祖父の時代に日清・日露の戦争があって、軍神《いくさ》としての霊験で信頼篤い神社は、多くの参拝者があったらしい。伊勢・伊賀・大和・志摩などから、幾つかの峠を越え長い道のりを歩いて参る人がふえ、参籠所や神主の家でも宿泊させるようになり、さながら小さな御師宿《おんし》のようになった。

曽祖父が私財を投じて村からの道を改修したのが、この時になって役だったわけで、社殿も改築し、神楽殿・絵馬殿が増築された。それでも村から三キロほどの道は、まだ自動車が通るには道幅が狭く、電気も通じていなかった。

祖父母と数人の住み込みのお手伝いと男衆、それと二軒ほどの土産物やうどんを売る店、それが村から離れた山中に、小さな別世界を作っていたのであった。

祖母も祖父も五十代で世を去った。あとにひとり残された母は女学校を出てまだ十八歳だった。

親族会議の後に、信者の家の次男で人生体験のある父が養子に入った。父の家は昔からの伊勢街道の要所、田丸町に近く古くからの家号を「万浄寺《ばんじょうじ》」と言い、男の子の一人はできるなら僧侶にせよという伝えがあった。その伝え通り、長男は皇學館を出て伊勢神宮の神官となり、後に官・国幣社の宮司を歴任した。次男の父も二十代は工場の技師だったが、三十で岡野の家に養子に入り、三男は大正大学を出てのちに松阪市の本居宣長の家の菩提寺、樹敬寺《じゅきょうじ》の方丈になった。

私の幼い頃に母が「関東大震災の時にはこのあたりもかなり揺れたのよ。でも、お父さまが居てくださったから、たのもしかったわ」と言ったのが心に残っている。ああ、両親の新婚の頃だったのだと思った。私は関東大震災の翌年の七月七日、七夕の日に生まれた。家の奥の坪庭の笹の葉に、さらさらと水しぶきがかかって、母が「ああ、すずしい風が吹いてくる」とつぶやいた、その血の気の失せた十九歳の母の顔をおぼえていると私は信じていた。だがこれは、その二年後の八月一日、妹が生まれた時の記憶だったのであろう。

歴代の神主の家には、自然に古典関係の本が集まり、また刀剣の類が奉納されてくる。父も若い頃はよく本を読み、刀剣の手入れをした。中には人を傷つけて血の跡の残っているものもあって、祓い清めたのち丹念に手を入れて唐櫃《からびつ》に収めていた。

父の生家は、吉事につけ凶事につけ、家族に記念すべきことがあった時には、気軽に歌を詠んで残す習慣があって、いろんな時の歌が残っている。凝り性の父は一時、紀州犬に熱中した。ただ形のいい犬を作出するというだけではなくて、文献で古い日本犬にはくっきりとした鬣《たてがみ》があったということを知ったらしい。それから「たてがみ犬」の再現に夢中になった。

飼育する頭数も多くなり、家の裏側に長屋のような犬舎を作って、一時は上の子三人はそれぞれが三匹ずつの仔犬の飼育を担当させられ、母は一日置きに大鍋一杯の犬の食事を作らなければならなかった。

紀州犬にも厳密に言うと、本来は猪犬《しし》、鹿犬、熊犬の区別があるという。私の幼時に村の猟師たちが専《もっぱ》ら猪猟に使っていたのは、ずんぐりとした猪犬である。持久力があり、体高が低いから猪《いのしし》の牙で下から腹部を裂かれる危険が少ない。鹿犬はすらりとして脚が長く、姿がいい。紀州犬の品評会などでよい成績をとるのはこの型が多い。父もやがて自作の犬を品評会に出すようになったが、会場で犬を引く役は必ず私に言いつけた。引き方をうるさく指示するくせに、自分は恥ずかしがって決して出ることがない。

熊狩に使ったという熊犬は、もう滅多に見られなくなっていた。熊野の那智の滝の近くに飼っている人があるということを聞きつけて、買いたくてたまらず、私をつれてわざわざタクシーを雇って出かけて行った。秋田犬に近い体型で、薄茶色の毛並みがやさしく名を「樺《かば》」といった。小学校五年の私が背にまたがって体重をかけても、腰を落すことなくすっくと立っていた。

だが、「樺」は家へ来て長くは生きていなかった。父は祖父のように銃を持って猟をすることがなかった。昼間ずっと囲まれた犬舎にとじこめられている紀州犬は、父が選択した血統の良い犬を何代か交配して、理想の「たてがみ犬」に近い体型になり、性格も荒くなっている。月の照っている夜などは、一匹が遠吠え、つまり声を長く引いて裏声のような高い声で鳴きはじめると、十頭ほどが皆それに合せてぴょうぴょうと遠吠えを始める。体内ふかくにひそんでいる野性が、にじみ出しあふれ出るようで、土地の人たちの言う「狼《おおかみ》鳴き」がつづく。

その野性をなごめるために犬舎の戸を開いてやると、家をとり囲んでいる千メートル近い山なみに向かって、一散に馳せ登ってゆく。ところがある朝、犬舎を見ると他の犬は皆もどっているのに、「樺」だけが帰っていなかった。手分けしてあたりを探してみると、家の周りに広がっている茶畑とその上の雑木山との境までたどりついて、猪の牙で深く引き裂かれた脇腹を下にして息絶えていた。他の犬が傷を負っていないことから推測して、群を統《す》べる一番巨《おお》きな猪と向かいあって動きをくいとめている――それを猟師たちは「抱《かか》える」という――そのうちに、時間が長くなって腹に致命傷を受けてしまったものと推測された。

もし父が祖父のように銃の扱いが得意だったら、「樺」は死なずともよかったのに、と皆であわれみあった。殊に私を背にのせてゆっくりと歩いてくれたあの重厚な頼もしさが、いつまでも忘れられなくて悲しかった。

その頃から父は急に紀州犬に対する情熱を失っていった。「樺」の死と、もう一つは五人きょうだいの一番末の妹が、その年流行した疫痢《えきり》を病んで、ほんの短い日数で三歳の命を失ってしまったからである。三歳にしては大柄で、感情のこまやかな児だった。六年生の私がおぶって歩いてやると、背中からよく話しかけてきた。村の同い年の子が用水池に落ちて亡くなったのを覚えていて、「かわいちょうになー、かわいちょうになー」とくり返しつぶやいた。

それが、あっという間に幼い当人の命がこの世から消えてしまったのである。当時の田舎の医者の治療では施すすべもなくて、幼い可憐な頬が次第に死の色を深めてゆくのを、母と枕もとに座って見つめていた。ちょうどその頃、中勘助の『銀の匙』を読んでいて、幼い者の死のあわれが耐えがたく胸に沁みた。

長男というものは、妹や弟たちよりずっと切実に、両親の愛も、苦悩も、怒りや悲しみも身に思い沁みて育つものだということを知ったような気がする。

両親は私に、誕生からまる一年たった日の占いの様子を、何度も話して聞かせた。まだ這い廻っている子のまわりに、算盤《そろばん》や農具、調理具などを散らしておいて、何を手に取るかで子供の将来を占うのである。

「お前はためらうことなく、笏《しゃく》を手に取ったのだよ」と親は言った。それも昔から縁起がよいというので堂上《どうじょう》華族たちが重んじた櫟《いちい》の木の、木肌が赤く木目の美しい笏がその時、私のために用意されていた。その笏はほとんど実際には使うことのないまま、今も私の手もとにあって、とげられなかった親の思いが、色あせることのない木肌からにじみ出してくるような思いがする。

ただ、心を鎮めて考えてみると、その後五十余年を経て、師も亡く親も老い果てた世になって、昭和の帝の和歌御用掛となり更に平成の世まで二十五年間、皇室の和歌の御相談役をつとめつづけたのだから、神主にはならなかったけれど、昔ならば櫟の笏は十分役に立っていたはずだと、和歌の縁《えにし》によって、世に亡き親にしっとりと話したい思いは深い。

ここで話を昭和初期の、父と母の新しい世の神主家の家庭設計の苦しみについて書いておきたい。

祖父も祖母も亡くなり、祖父の世から使ってきた老婆と老僕の残っている古風な神主の家に、聟《むこ》として入った元技術家の父と、両親を失って頼りにする人の少ない若い母と、そして翌年生まれた長男を加えての生活は、さぞ多くの思い切った整理を必要とする、古風と矛盾を残した家であったろうと思う。

幼い私の記憶に残る老人は、神末《こうずえ》のお婆と下之川のお婆、川俣《かばた》の万さんの三人である。いずれも家の周辺十キロ程度の村の出身で、神末のお婆は大和の御杖村に伝わる古い神話や伝説を、囲炉裏のそばでぽっぽっと語ってくれた。倭姫《やまとひめ》さんが尊い魂を運んで旅をなさる話を、この婆さんの口からまず聴いたのは何にも替えがたいことだった。下之川のお婆は一番年寄で、いつも杖をついていた。やはり村に伝わる昔話を古風な語りくちで訥々《とつとつ》と、しかしところどころで私の反応を確かめながら語ってくれた。書物で読む前にこういう老人から生きた話を聞けたのが、どれほど幸《さいわい》なことであったか、後に柳田・折口両先生の学問に接して身にしみてわかることが多かった。

万さんは峠ひとつ越えた飯南《いいなん》郡川俣村赤桶《あこう》の人で、婆さん達よりは若く達者だったが、時々鬱病になり、言うことが常人と違うところがあった。神社の本殿の下に絵馬殿があって、日清・日露の戦の絵が額に入れて何枚も掛けてある。山の一軒家で遊び友達の一人も居ない私の、空想を刺戟される何よりたのしい独り遊びの場がここである。日清戦争の青衣の中国兵、日露戦争の赤い頰髯のロシア兵、誇張された戦いの場の人間の表情は、見上げている幼い者の心に、大人の思いおよばない連想を誘い出す。地雷が爆発して、頭や手足がばらばらに飛散してゆく絵もある。陽の翳《かげ》るのが早い森が薄暗くなる頃、縁の下の蟻地獄の穴に蟻を投げこんで、変にすさんだ心になって石段をとぼとぼと降りてくると、万さんにつかまる。「坊さん、何処へ行ってなした」「絵馬殿で絵見てた」。見るみる万さんの顔が真剣になる。「あきまへん、あそこへ近づいてはあきまへん。坊さんのようなきれいな心が、あそこへ近づくと、悪い魂がのりうつりますのや。こんど竹とんぼ作ってあげまひょ。それで遊びなはれ」。

それから間もなく、万さんは私を郷里の川俣村につれて行ってくれた。その途中で不思議なことを幾つか教わった。

「こんな山道を歩いてる時は、いろんなことに気をつけなされ。あしびの花の下で休むと、花からだるが落ちて体に入りますのや。すると体がだるうなって動けんようになります。そんな時は米ひと粒でも口に入れると助かります。山越えする時には、弁当は全部食べんと、必ず少し残しときなはれ。米粒もないときには、手の平に米という字を書いてなめても、幾らかは楽になります」

帰ってきて父に報告すると、複雑な顔をする。父は信仰心もあるが、ずっと科学系の仕事をしてきて、当時は新しい学問であった柳田國男や折口信夫の民俗学にまだ接していなかった。私が子供心に万さんの素朴な話に惹かれることを、父が心配するのも当然だったろう。

しかし、幼い私の心に一番痛切にひびくことは別にあった。それは、曽祖父や祖父がそれ以前の時代から保持してきた長い信仰の伝統のうち、新しい昭和の時代に、なお保ってゆくべき部分と、改革すべき部分との選択の点で、父と母との間に気持の上でゆずりがたい相違や争いの起こることが度々あったことである。

父は養子に来て五、六年が経過するなかでそれまでの旧風、つまり御師的な要素を次第に改革しはじめた。祖父の頃から居る婆さんや万さんをそれぞれの郷里に帰し、必要な人手は村の男女の青年たちを通いで使うことにした。家族の食事も、父と私だけが脚つきの膳、母をはじめ弟妹たちは平たい膳を畳に置いて座って食べていたのを、食堂は洋室風に大きなテーブルと椅子に改め、北海道から薪《まき》ストーブを取り寄せて囲炉裏は廃止した。標高が高く、雪の積もる寒い日が続いても、村からの参道にびっしりと立つ鳥居の廃材を薪にして、食堂と居間は常にストーブの暖房であたたかだった。

五歳くらいになると母は私に文字を教えはじめ、文藝春秋社から発行の八十八巻にもおよぶ『小学生全集』を直接購入してくれた。毎月三冊ずつ送られてくる全集の、初級用三十冊の中には、イソップ、グリム、アンデルセンなどの童話集や、日本建国童話集、ギリシャ神話、アラビア夜話集などがあり、遊び友達のまったく居ない山奥の孤独な日々は、その頃から急に絢爛として胸のおどるような時間に変ってゆく。しんしんと雪の降り積む夜、こころよく薪ストーブで暖まった部屋の石油ランプの下で、アラビアン・ナイトやアンデルセン童話に夢見心地になっている楽しさは、いま思い返してもなつかしい。

村の小学校へ入学して最初の日、同級生は男子四人、女子九人だった。二学級合併で若い女先生のオルガンに合せてお遊戯をした。男の子と女の子が交互にならび、輪になって手をつなぎ、歌ったり踊ったりしているうちに、これはお城の舞踏会で、僕たちは王子さまとお姫さまなのだと思いこんでしまった。

夢の一時間が終り、オルガンの音が絶えた途端、私は今まで手を取りあっていた女の子の額につつましくお礼の口づけをしていた。一級上の生徒達が小さなざわめきを示したはずだが、私は気にしなかった。

翌日、さらに新しい期待に雲を踏むような思いで、三キロの道を駈けくだり登校してみると、私をとりかこむ雰囲気が一変していた。その頃の村の小さな小学校は複式の授業で、一年生と二年生が同じ教室で一人の先生から教えを受ける。昨日の私の独りよがりの突飛な行動は、主として二年生の口から、更に夜学の青年学校の若者たちの間で、尾鰭《おひれ》のついた恰好の話題となり、一晩のうちに村中にひろがってしまったらしい。

上級生が私をとりかこみ、奇異なものを見る眼でながめながら、思い思いのことをささやきあった。その頃の村の子は、男子でも着物を着て、藁草履《わらぞうり》で走りまわっている子が多かった。気がついてみると私は、親が名古屋の髙島屋から取り寄せた紺サージの半ズボンで、服装からして異端者の感じだった。何よりも私には村の子達と自由に会話する言葉が無かった。山中の大人達ばかりが集まる信仰の場で育った、村の子にとってはよそ者の作る異次元空間からひょっこり現れた、よそ者の言葉しか話せない変な子だったに違いない。

それから一年余り、村の生活に溶け込むための苦行のような日々がつづいた。母親も懸命になってくれたが、私も真剣だった。何より、担任の若い女先生と、校長先生が立派だったと思う。二年生の秋の学芸会に、私は漁夫の役になり、私のキッスを額に受けた為に私よりも苦しい思いを耐えなければならなかった女の子は天人になって、『羽衣』の劇を演じた。

楽しみの少ない山奥の村では、小学校の運動会と学芸会は、村中の大人たちが集まるイベントである。皆が重箱に御馳走を持ち寄って、自分達の子や孫の演じる学業報告や劇を、固唾《かたず》を呑んで見守り、日常を超えた異次元空間を体験する日である。

あれ　天人は
　羽衣の
舞ひを舞ひまひ
　帰りゆく

女先生のオルガンに合せて歌が合唱されている中で、私は自然にあふれ出る涙を流れるにまかせたまま、呆然として、去りゆく天女の姿を仰いで立ちつくしていた。

私は今も、この時の校長先生と、若い女先生の、あたたかく輝く顔を忘れない。

宮中新年歌会始（一）

宮中で毎年とり行われる儀式の中で、その全体がほぼ完全にNHKテレビで放映されるのは、一月なかば頃に行われる「宮中新年歌会始」の儀だけであろう。

言うまでもなく、天皇・皇后両陛下の御製《ぎょせい》・御歌をはじめ、皇族・召人《めしうど》・選者、そして国の内外から詠進されてくる多くの歌の中から入選した十首ほどの歌が、古式に則《のっと》る朗詠によって、順を追って詠じられてゆく。

日本の文学の長く久しい、優雅な伝統を、あれほど見事に生き生きと伝える儀式は他にあるまいと思われる。それは招待を受けた外国の賓客の反応を見ても、察せられる。

殊に今年（二〇一六年）、儀式の最後にくり返して朗詠される天皇の御製と皇后の御歌に、格別の深い感銘を受けた。お題は「人」である。

天皇陛下

戦ひにあまたの人の失せしとふ島緑にて海に横たふ

皇后陛下

夕茜《ゆふあかね》に入りゆく一機若き日の吾《あ》がごとく行く旅人やある

天皇陛下は前年四月にお訪ねになった、太平洋戦争の激戦地のパラオ・ペリリュー島で戦没者慰霊碑に供花し、さらに海上のアンガウル島に向かって拝礼された時の思いを歌われた。

皇后陛下の御歌はいま夕茜の空を遠ざかる一機の姿に、ご結婚前の若い日に欧米諸国を旅せられたことを、なつかしく追憶なさった一首である。

お二方とも、一首の中心になる情と景とが読む者の心に自然に流れこんでくるお歌で、あの広々とした宮中「松の間」で年初にとり行われる、風雅で感動深い伝統文学の華とも言うべき儀式に流れる篤い心が、身に伝わってくる思いが深かった。

考えてみると、宮中の御歌会の儀式にも、戦後は大きな変遷があった。偶然のことだが私は、その七十年間の変りようを、初めのうちは師の折口信夫（釋迢空）のそばに居て、つぶさに見聞し、師の亡きのちも御縁があって、歌会始の選者、やがて宮中和歌の御用掛を命じられて、二十年余り務めた。

そのことに関して、思い出の深い方々について記憶に残ることを記しておきたいと思う。

入江相政《すけまさ》氏

戦後の歌会始の儀や、その改革について、一番重要な役割をつとめた人といえば、まずこの人をあげなければならぬ。氏は明治三十八年（一九〇五）、子爵、入江為守の三男として生まれた。父の為守も昭和天皇の皇太子時代、東宮侍従長、のち貞明皇后の皇太后宮大夫も務めたが、もともと俊成・定家ら中世和歌の俊秀を祖先に持つ、歌の家として宮廷に仕えた京都の冷泉《れいぜい》家から出た家である。

後年、私は京都の上賀茂神社から依頼を受け、毎年の大祭に行われる「曲水の宴」に衣冠束帯をつけて、歌人の役を十年ほど務めたが、その宴の儀式の一切を取りしきってゆかれるのは、入江家の御本家の冷泉家の方々である。ある時、入江さんに「上賀茂神社の曲水の宴で、冷泉家の皆さんに大層お世話さまになって参りました」というと、「それは御苦労さまでした。なにぶん私どもも、京都のご本家へうかがうと、小さくなっているんですよ」とおっしゃった。

その入江さんは、学習院から東大に学んだのち、昭和九年（一九三四）に侍従を命じられた。昭和天皇三十三歳、入江二十九歳の時である。以後、昭和六十年九月、八十歳で急逝するまで、侍従、後には侍従長として、長い昭和の時代を常に天皇の側近にあった。

殊に世間ではあまり知られていないが、入江さんが戦後の宮廷で果した重要な役割は、昭和二十一年から数年のあいだに、宮中歌会始の歌そのものを従来の旧派的な詠風から新風に変えることを目ざし、まず選者を旧御歌所《おうたどころ》派の歌人から、明治・大正の時代に新鮮な歌風を興した歌の達人たちに交替する方法を取った。その結果、選ばれる歌が数年の間に見るみる新しくなり、今まで宮廷の歌といえば、古今集・新古今集以来の旧風でなければ受け容れられないものと考えていた人々の心を、一新することができた。

その変化のわかりやすい実例を、幾つかあげてみる。まず、歌の題が従来は「迎年祈世」とか、「社頭寒梅」とか、漢詩風な題であったのが、昭和二十二年は「あけぼの」、二十三年は「春山《はるのやま》」となった。それに応じて、選ばれた二十二年の作品を三首ほど引用する。

①命ありて帰り来にけり古里の駅近くしてあけぼのの色　　北海道　穀山　松榮
②あけぼのの空にケージの音軽く昇降時《しやうかうどき》の炭礦《やま》はにぎはふ　　福岡県　吉屋　晋
③あけぼのの大地しつかと踏みしめて遠くわれは呼ぶ祖国よ起《た》てと　　ロサンゼルス市　高柳　勝平

①は外地から引揚げてきた女性。②は炭坑で働く人の歌だろう。そして③はアメリカ在住の作者が、戦に敗れた祖国へ励ましの呼びかけをした歌で、この歌を採った選者の齋藤茂吉は当時、山形県に疎開していたのだが、「命にかえて採った歌だから、是非入選させてほしい」と言ってきたという。この頃、昭和天皇がお詠みになった歌を三首あげる。

①わが庭に草木をうゑてはるかなる信濃路にすむ母をしのばむ
②夕ぐれのさびしき庭に草をうゑてうれしとぞおもふ母のめぐみを
③たのもしく夜はあけそめぬ水戸の町うつ槌《つち》の音も高くきこえて

①と②の御製は、信濃に戦火を避けて疎開していられた母上、貞明皇后から、戦後をさびしくいらっしゃる天皇のお心の慰めにと、秋草の花がとどいた。天皇はその野草を吹上御苑にお植えになって、二首の歌をお詠みになった。敗れた年の秋の、天皇の心が胸にしみとおるようなお歌である。③は二十二年の歌会始に「あけぼの」の題で詠まれた御製。戦後の行幸先での、新しく開けゆく世の気配の力強さを詠まれた歌。

こうして終戦直後の天皇の御製や、歌会始に選ばれた歌の、身に近々と迫ってくるような心深い内容を見ていると、中世以来の宮廷和歌の伝統を保ちつづけてきた歌の家の、現代の当主である入江相政侍従長が、自身は表に立つことは無いが、常に天皇の意を深く身に受けとめて、節度を保ちながらその御意の実現化に専心つとめて、着々と成果が実現してゆく様子を、昭和天皇の御集『おほうなばら』（一九九〇年刊）や、『宮中新年歌会始』（一九七九年刊）、『宮中歌会始』（一九九五年刊）、さらに、『入江相政日記』（一九九〇〜九一年刊）の丹念な記事の上にたどって、当時の昭和天皇のお心や、入江さんの緻密な蔭の配慮のほどを推察してゆくのは、私にとってこの上なく楽しく、胸躍ることなのである。

師の折口信夫は、昭和二十五年・二十六年・二十八年と三年にわたって選者をつとめた。何ヶ月かの長期にわたってとどけられる何万首かの詠進歌を、一次選、二次選と絞ってゆく長い労苦もそばで見てきたし、歌会当日は宮内庁まで送って行って、帰りは車で送られて帰ってきた。

齋藤茂吉は昭和二十六年の歌会始が最後で、儀式が終って茂吉と沼空は同じ車で送られることになり、待っていた私は助手席に座った。車を銀座へ廻してもらって、沼空と私は銀座で降りた。

走り去る車の後ろの窓から、茂吉さんが別れを惜しんでいつまでも手を振っていた。「若い頃のアララギの仲間だからね。選歌が最後に絞られてくると、茂吉《もき》っつぁんと同じ歌を採ることが自然に多くなるんだよ」と言った。それがお二人の最後になった。翌年の二十七年は貞明皇后の崩御で歌会始は行われなかった。二十八年の二月、茂吉は世を去った。その葬儀には出た沼空も、九月三日には亡き人になった。

ここで少し時間をさかのぼることになるが、昭和二十一年・二十二年の頃の、御歌所や宮中御歌会改革に関連する入江日記の記事を引用してみる。われわれが忘れてしまっている敗戦直後の宮廷の様子、あるいは知らなかった宮廷和歌の実質や紀綱の改革の様子を、多少とも察することができ、また入江さんその人の気質のありようなども偲ばれると思う。

○二十一年一月十五日。朝大金次官の所へ行き、マックアーサー旋風によつて退陣すべきものは須らく退陣するのが国体護持の所以であると信ずる旨を述べる。大体に於て同感の意を表される。次に御哥所を中心として勅撰集を撰進せしめられたらといふ旨を述べ大賛成を得る。

○三月二十七日。御哥所へ行つて今度の整理について話す。結局御哥所は無くなり、図書寮の一課となり、寄人《よりうど》、参候、講頌、御人数等総て無くなり、中山雇員だけが一人残ることになつた。その旨申し渡す。終日ごた〳〵する。

○五月三十日。御文庫へ行く。来年の哥会始のことにつき思召をうかゞふ。新派の哥人を四、五選者として御命いたゞいては如何と思召をうかゞつた処、至極よいからそのやうにせよとの仰せ、皇后宮の思召もうかゞふ。

○九月十八日。（佐佐木先生に）来年の新年の御会《ごかい》の選者の事を話す。佐佐木信綱、斎藤茂吉、窪田空穂《うつぼ》の三氏ならば丁度皆芸術院会員であるから（中略）よからうとの事。（中略）次に勅撰集（昭和）の事を話したら先生は非常に感激して居られた。

○九月二十日。鳥野（幸次）さんと御製の協議、拝謁して御製の事につき色々思召を伺ふ。両陛下に拝謁した時には夫々《それぞれ》御厚い御見舞の御言葉を賜はり恐懼《きょうく》する。御製の事で夕方までかゝり、更に呉竹寮へ行き御進講を済ませた鳥野さんと又協議、

○九月二十六日。雑司ヶ谷八十八の窪田空穂氏を訪《おとな》ふ。折よく在宅で哥御会の選者にといふ話をする。大体お受けされたが、返事はいづれ明日上野でといふことで辞去。（中略）食後図書頭に今日の窪田氏との会見の模様を報告、三井、高尾両氏にも報告。なほ旧御哥所よりはやはり千葉、鳥野両氏を出してはといふことに昨夜から考へてゐたので、それを両氏にはかり賛意を得る。

○十月七日。雨である。九時に出て雑司ヶ谷に窪田空穂氏の迎へに行き、西片町に佐佐木先生を迎へて役所へ来る。鳥野氏も会して早速会議。図書頭より斎藤茂吉氏に会つた話、予より千葉胤明氏に会つた話をする。斎藤氏は選歌に当つて１２３といふやうに番号をつける、１だけは十分尊重していたゞきたいとの意見であつた由、更に御題の解説については十分にしていたゞきたい、よく分るやうに願ひたいといふ意見であつた由。十一時より両陛下に拝謁があることになつて佐佐木、窪田、鳥野三氏参進、外に宮相、図書頭、侍従長、女官長陪席。侍従長の指名により窪田氏より歌壇の現況について、佐佐木氏より「あけぼの」といふ御題が最も結構で

はあるまいかといふことについて、鳥野氏より新旧協力一致、十分に御用を奉仕すべき旨申上げた由。お上《かみ》より歌道を通じて皇室と国民との結びつきに十分尽力してもらいたいといふ御言葉があつた由、一同非常に感激して居られた。

以上、十月七日の会議で、前年からつづいていた、宮中歌会始を中心とする皇室の和歌を核とした長い伝統をめぐって、敗戦によって生ずる違和や混乱、新旧の歌人や歌風の相違の問題は、一往のおちつきを得たのである。

私の引用したのは改革の方向に添った流れの部分であって、『入江相政日記』にはうるさい雑音めいたものや、さかしらぶった意見具申なども記してあるが、それは一切無視した。

昭和二十二年一月六日、戦後最初の新しい顔ぶれでの、詠進歌選歌会議が開かれた。出席者は旧御歌所歌人の千葉胤明、鳥野幸次、民間から佐佐木信綱、齋藤茂吉、窪田空穂の五人だが、千葉と齋藤は疎開していて出られないというので、詠進歌を疎開先に送って選歌した。

その年の歌会始は一月二十七日だった。従来より簡略な形にして選歌は十五首、皇族方と選者の歌のほかは、諸役、宮内官などの歌の披講は全部やめたので、丁度一時間で終ったという。現在の形がその時から定まったということになる。その場で朗誦された御製と詠進歌三首は、先ほど記した通りである。

昭和二十二年は地方へ御巡幸の多くなった年で、殊にほぼ半月におよぶ東北地方の旅では、後に私の記憶に残る幾つもの逸話をお残しになっている。

山形県の学校で戦前に歌った県民歌は、昭和天皇が大正十五年（一九二六）に「河水清《きよし》」という題でお詠みになった、

広き野をながれゆけども最上川海に入るまでにごらざりけり

というお歌であった。戦後になっても、山形県出身者の会に出ると最後にはこの歌を合唱して聞かされた。鶴岡出身の友人の丸谷才一さんは、齋藤茂吉の「最上川逆白波《さかしらなみ》のたつまでにふぶく夕べとなりにけるかも」はなるほど彼の自讃歌だろうが、僕らは少年の頃から歌い親しんだ「広き野を……」の歌の方が、柄《がら》が大きくのびのびしていて好きだな、とよく言った。

面白いことに、『入江相政日記』の二十二年八月十六日の条には、昭和天皇に従っている入江さんが、「最上川は已《すで》に御製の如く水は澄み切つてゐる」と書いている。それもその筈で、このお歌はその年の歌会始に発表され、当時東宮侍従長だった入江為守（相政の父）が歌を謹書した歌碑が、日和山公園に建っているのだという。

かかわりのある話はまだ続いて、その夜は上山《かみのやま》の村尾旅館にお泊りになった天皇は、夜の八時からここに疎開している齋藤茂吉と門弟の結城哀草果《ゆうきあいそうか》をお召しになった。入江さんも陪席したのだが、茂吉は古今集東歌《あずまうた》の「最上川のぼればくだる稲舟の否《いな》にはあらずこの月ばかり」について話し、哀草果は「繭車《まゆぐるま》つまとし引けばおのづから睦《むつ》むこころのわきにけるかな」という、さながら東歌のような自作をご披露したという。

実は入江さんは日記には書いていないのだが、ずっと後、私が和歌御用掛になってから入江さんに聞いた話では、先の東歌の「……否にはあらず。この月ばかり」について、茂吉はそっと「この月は、メンストラチオンの月でございます」と言い、天皇は軽くうなずかれたという。この民謡のこころはその通りであろう。

なお、茂吉の最上川の歌は、ある時哀草果が冬の最上川の河口に吹きおこるすさまじい風と、吹きあおられる川波のさまを「逆白波」と言うと話すと、茂吉はいきなり「君、その言葉を使っちゃいかんぞ」と禁句にしておいて、やがてあの歌を作ったということである。

入江さんの話によると村尾旅館での夜も、茂吉は自分の歌を例に出して、天皇の若き日の最上川の歌について批評を含んだ話をしたらしい。だが茂吉の話し方には、文章で読むのとは一味違った素朴なおかしみがあって、ほほえみながら聴いていらっしゃったにちがいないと思う。

入江さんもこの日の日記に、「固くならず極めてなごやかに大変面白い御進講で、お上も終始にこ〳〵遊ばされ、『斎藤この頃は身体の工合はいゝか』といふおたづねもあり、悉《ことごと》く恐懼して退下《たいげ》した。文化人の御進講といふのはいつも非常に難有《ありがた》い」と書いている。

こうして戦後の新しい日本人の生活から生み出された歌が、新しい選者に選ばれて、宮廷の長い伝統を持った儀式に、新しい叙情の流れを示すようになった。

二十三年、二十四年、二十五年の入選歌の中から、特色のある歌をあげてみよう。

二十三年　御題　春山

裏山の芽ぶきあかるき中にゐて還り来まさぬ夫《つま》をおもへり　東京都　神戸　照子

尾《を》張野《はりの》の四方《よも》に垣なす遠山のかすめる見れば還り来にけり　愛知県　中村　秋雄

休み日を桜さく山に子らと来て我が拓《ひら》きたる畑を見おろす　岐阜県　森　ふゐ子

二十四年　御題　朝雪《あしたのゆき》

朝の陽のさしとほりたる山峡《やまかひ》の雪のそこひに水の音する　大阪府　近藤　眞須子

新らしく生きむよろこび覚えつつ今朝ふる雪に出で立つ吾は　滋賀県　西山　伊豆子

まなびやにきほひゆく子らの声のしてあかるきまちに雪ゆりやまず　東京都　山川　正子

二十五年　御題　若草

萌えいづる若草の野を縁遠く見るのみにして日々を衣縫《きぬ》ふ　兵庫県　内山　こずゐ

若草の匂ふいのちをあらしめよ女《をみな》と生《あ》れて吾がくやみなし　三重県　柴原　恵美

弟は還らぬものか若草はき庭にもえてひそかなる日々　大阪府　仁禮　常子

意識して女性の歌を選んだわけではない。戦争の間、ひたすら忍従して心を押さえてきた女性たちが、その思いのほどを表現する情熱を、おのずから示しはじめたのだと見た方が素直で真実に近いだろう。

考えてみれば、古代から和歌という抒情詩は、男性よりもより多く女性にふさわしい定型詩であったと言えよう。ただ近代になって正岡子規の流れを継ぐアララギ派の歌は、写生をやかましく言って、女性の歌を閉塞する傾きがあった。

その傾向がなお続いていたところへ、はげしい戦争の時代が来て、男は戦いの生活を、女性は忍従の生活を強《し》いられた。これは同世代の男性の我々の歌をも、さみしく萎縮したものにしてしまった。それが敗戦によって状況が変って、家郷を遠く離れて望郷の心に責められる男たちは、歌うことも稀なもの言わぬ沈黙の石になったり、自分達の胸の底を素直に表現せず頑《かたくな》に沈むようになったりした。

むしろ今まで歌うこと、表現することをより厳しく押さえられてきた女性の方が、思い切って胸の内の情念を歌うようになった。それと呼応するように、女性の歌、特に夫や子を戦いで死なせたり、抑留されたままになっている女性の歌を集めた、『この果てに君ある如く』というような歌集が出版されて、茂吉も迢空その他の歌人たちも、その女性達の歌に心を打たれ、高い評価を与えた。

新しい力を持った女性の歌の時代が来るという予感がした矢先に、突然、一人のジャーナリストの企画に成る悲劇的な状況にあった女性の作品が、『乳房喪失』という題で出版されて、そちらの方にあっという間に流れが移ってしまった感がある。

折口信夫が言った、短歌には自立した批評家がついに出なかった、という不幸が切実に思われる、戦後あまり間のない時期のはかない女歌の不幸であり、歌の弱さであった。

宮中新年歌会始（二）

前項に述べたように、宮中の新年歌会始の内容は、戦後数年の間に大きく変った。選者が旧御歌所寄人といった人達から、民間の佐佐木信綱・齋藤茂吉・窪田空穂さらに吉井勇・折口信夫が加わり、選ばれる歌も戦後の清新さが感じられた。当時の歌壇の加藤順三・浅野梨郷《りきょう》・春日井瀇《こう》・五島茂・高尾亮一・中西悟堂・橋本徳寿・五島美代子など中堅歌人がそれぞれ詠進し入選している。こういう現象は、歌会始が戦前の旧派歌人によって占められていた時代には、無かったことである。

昭和二十八年（一九五三）には春に齋藤茂吉が亡くなり、秋には折口信夫（釋迢空）が亡くなって、歌壇に衝撃を与えたが、昭和三十年の歌会始の詳細を見ると、選者は尾上柴舟《おのえさいしゅう》・窪田空穂・吉井勇・土屋文明・尾山篤二郎の五人、陛下から歌を召される召人は川合玉堂・柳田國男で、一般からの詠進歌は八千首に近かった。翌三十一年には選者に変更はなく、召人は谷崎潤一郎・湯川秀樹、一般からの詠進歌もほぼ変りがなかった。

以後、昭和四十年代、五十年代、時に選者に交替があり、詠進歌の数は三万首前後に増加して、歌会始は新しい時代の形を定着させていった。

昭和五十三年には、私にも来年度からの歌会始の選者をつとめるようにとの内示があった。五十四年のお題は「丘」で、選者は木俣修・山本友一・香川進、それに新しく上田三四二《みよじ》と私が加わった。その年の詠進歌は三万一四九七首。夏頃から三千首ずつ分けてプリントしてとどく歌を、三ヶ月ほどかけて一次選・二次選と自宅で選んで、十二月に入って最後に選者と、宮内庁の侍従長以下の関係者が一室に集まり、一日かけて入選歌と佳作を決定するのであった。

この年の昭和天皇の御製は次のようであった。

都井岬《といみさき》の丘のかたへに蘇鉄《そてつ》見ゆここは自生地の北限にして

私もその数年前、都井岬をたずねてホテルに一泊していた。野生馬の群に心を引かれて、蘇鉄の存在はさほど眼に残っていなかったので、御製の内容が印象深く思われた。

私は伊豆の家から眼下に見おろす春の海の様子を「春の潮けぶりて湾に満ちくるを睦月《むつき》の朝の丘に見おろす」と詠んだ。

歌会始の歌を選考する時、選者で一番若い私の席は入江相政侍従長の席と隣りあっている。まる一日をついやす長い会議の途中で、自然に入江さんから、「岡野さん、このことは大事だから覚えておいて下さいよ」とささやかれることが時々あった。その頃、入江さんは随筆集をよく出版された。本をいただいて、出版の記念会に出ると、二次会で胸にひびく話、深く心に残る話を聞くことができた。

昭和五十七年の歌会始のお題は「橋」であった。それを聞いた時から、私の詠むべき主題は直感的に心に決まっていた。古事記のはじめの「国土の生成」を説くところは次のように語られる。

ここに天つ神諸《もろもろ》の命《みこと》もちて、いざなきの命、いざなみの命、二柱の神に「この漂へる国を修理《おさ》め固め成せ」と詔《の》りたまひて、天の沼矛《ぬぼこ》を賜ひて、言依さしたまひき。かれ二柱の神、天の浮橋に立たして、その沼矛を指《さ》しおろして画《か》きたまひ、塩こをろこをろに画き鳴《な》して、引きあげたまふ時に、その矛の先より垂《したた》り落つる塩の累積《つも》りて成れる島、これ淤能碁呂《おのごろ》島なり。その島に天降《あも》りまして、天の御柱を見立て、八尋殿《やひろどの》を見立てたまひき。

私は伊勢の皇學館の中学部三年生の時から、『古事記』と『日本書紀』神代巻とをみっちりと教えられ、毎時間先週に習った所の小テストがあって鍛えられたのだが、その時から「国生み」の神話の原型はこれで足りているので、その後につづく、女神と男神の間の発語の順序論や、柱めぐりの右・左など、手順の齟齬《そご》や複雑化の問題は、永い伝承の中で附随してきたものだろうと思っていた。

「橋」というお題が決まった時、古事記神話の冒頭の天の浮橋の感動を、できるだけ素朴に、「女人《をみな》の先だち言へるは良《よ》からず」などいうさかしらごとを考えずに、「世の始めの女神の愛のこころのおのずからな発露の姿」として、歌ってみたいと思った。

世のはじめの言葉もはらにつまどひて女男《めを》あはれなり天の浮橋

お題を見た時から、私の心に湧きあがった情念は、そういうものだった。だが、その思いが今の世の人の胸にすぐ響くとは、もとより思っていなかった。入江さんは歌会の間は侍従長として、天皇の右斜め後の間近な席に居られる。儀式が全部終って天皇はじめ皇族がたが御殿へお帰りになった後、宮内庁長官以下、侍従長・召人・選者・講師・諸役の人達で御食事をいただく。席についた途端に、隣席の入江さんが「やりましたね。女男あはれなり天の浮橋、あれは柄が大きくてよかった」と、もの静かにほめてくださった。私はそれだけで心が満たされた思いだった。

歌会始がすんで一週間ほど後、國學院大學から渋谷駅への道を帰っていると、後から近づいて来た人から、「岡野君」と呼びかけられた。ふり返ると、先輩の神道科の安津素彦《あんづもとひこ》教授である。戦後の昭和二十年代、神道科の古い教授は追放になって、国文学・民俗学が専門の折口博士が神道科の責任者になり、「神道概論」の講義を続けていられた。歳末には神道科の若い教員を大森の自宅に集めて、忘年会をするのが毎年の習慣で、まだ食料も酒も不自由な時代だから、私は先生から言いつかって前日に川崎あたりへ買出しに出かけて、密造のどぶろくや食料品を買い集め、大風呂敷に背負って帰り、当日は矢野花子さんと接待役をつとめたのである。

それからもう三十年余りの歳月を経ている。安津教授は神道学部の長老教授であり、私は文学部の、國學院としてはちょっと風変りなリベラル教師である。大学紛争のはげしかった時期は、学生部や「大学問題に関する委員会」で、安津教授とは意見の違ったこともあった。何を言い出されるかと立ち止まっていると、「先日の歌会始の君の歌はよかった。今日は君にご馳走してあげる」と言って、渋谷の東急ビルの食堂で、ビールとカレーライスをご馳走になった。

最初に声をかけられた時の、ちょっと身構えるような気持と違って、私が日本の創世の女神と男神に対して持っている、最も原初的で素直な感覚を認めてもらったことがうれしかった。更にいただいた褒美のご馳走が、私が学生の頃の先輩の気分そのままのような率直さであったことが、またうれしかった。

翌年の昭和五十八年四月、木俣修氏が急逝された。それから一月くらい後のことだったろうか。入江さんから電話があって、折り入って御相談したいことがあるからということで、皇居に近いホテルへ出向いた。徳川義寛侍従次長もご一緒で、用件は木俣さんが長くつとめて来られた、宮内庁の和歌御用掛をお受けしてほしいということであった。突然のことで、「しばらくのご猶予を」というと、すぐに「これはしたり、折口先生から国学の教えを受けられたあなたが、宮中の和歌の御相談役をためらわれるとは、解《げ》せません」ときり返されて、お受けするほか無かった。

それから平成十九年まで、二十余年にわたる長いお勤めになった。

御用掛をお受けしてまずわかったことは、新年歌会始というのは、それだけが独立してあるのではなくて、宮中には毎月、月次《つきなみ》の歌会があり、月々の御兼題（あらかじめ定められたお題）が、前年のうちに決められていて、皇族方や侍従・女官など側近の奉仕者は、毎月定められたお題で詠んだ歌を短冊に書いて、お手許にさしあげるのである。その月次の歌会を母体として、新年歌会始があるというのが実態であった。だからお受けしてみると、和歌御用掛の果すべき用は意外に多かったのである。

昭和天皇御在世の頃は、各宮家の方々をはじめ、侍従・女官の多くが、毎月の歌を詠まれた。そのための、十二ヶ月の歌題の案を作ったり、提出前の歌のご相談を受けたり、時に宮中や宮家へ出向いて、お歌を拝見した。殊に昭和天皇は御熱心で、一月《ひと》か二月《ふた》ほどすると三、四十首ほどの歌がおできになる。それを徳川さんが筆で清書して、私の出校している日に國學院へ持って来られる。私は大学の理事室を空けてもらって、徳川さんから一首一首の背景や天皇のお気持をうかがって、新聞などの要請があれば御発表になっていい歌、そのまま宮内庁で保存しておかれる歌、地方へ行幸して植樹や放魚をなさる時、地方の新聞に発表なさる歌などを区別した。靖国神社に関する天皇の深い御心痛の現れたお歌を知ったのも、そういう時であった。

歌会始の儀式の中で、天皇・皇后・皇族に次いで重いのは、天皇から特に歌を召される召人である。召人は古くは太政大臣・大臣などの高官が務めたのだが、戦後は政治家で歌を詠める人が無くなり、学者・文学者・芸術家で歌の詠める人ということになり、最近ではそれも稀になって、専ら歌人が務めることになった。本来は歌人は選者を務め、召人は高位の政治家の役であったのだ。

私が和歌御用掛を務めていた間に召人を務めた方で、山形県の旧庄内藩主であった酒井家の十七代の当主、酒井忠明氏の印象が、記憶には鮮明に残っている。その理由の一つは、忠明氏の温雅でさわやかな人柄にあるが、更にその奥に庄内地方に長く伝えられてきた文化伝統の、風雅な奥床しさに心を引きつけられたためであった。私の半生涯を越えて久しい、庄内地方との縁について話してみよう。

折口信夫が最も大きな学恩を受けたのは、日本民俗学を開いた柳田國男であることは言うまでもないが、それよりも早く、中学から大学にかけての時期に、大きな感化を受け学問の志を開かれたのは、鶴岡市出身の士族で國學院に学び、国学最後の人と言われた三矢《みつや》重松《しげまつ》であった。折口は大阪の府立第五中学（後に天王寺中学と改称）に入学する時、当時同校の教諭であった三矢から口頭試問を受けたという。後に、その三矢を偲んで「四天王寺　春の舞楽の人むれに　まだうら若き君を見にけり」という歌を折口は詠んだ。三矢は早く東京の國學院大學の教員となり、その後をしたって入学してきた折口に深い薫陶をおよぼすことになる。折口にとって柳田は新しい民俗学の学問の師であり、三矢は国学の伝統の上の師であった。事実、本居家が東京に出てきてからは、本居家での年々の宣長の忌日にその「み霊《たま》祭り」を中心になって行ったのは、三矢重松であった。

その三矢が大正十二年（一九二三）に亡くなると、折口が門弟の中心になって、三矢のために五年毎に「み霊祭り」を営み、調理した神饌《しんせん》をささげ、独特の和文の祝詞《のりと》を奏上した。

また、昭和十一年七月、三矢の遺詠「価なき　玉をいだきて知らざりし　たとひおぼゆる日の本の人」を歌碑に刻んで、鶴岡市の春日神社境内に建立した。

この歌の「価なき玉」すなわち「値もつけられない貴重な宝珠」とは、実は『源氏物語』を意味している。三矢は三矢文法と言われる文法論を生み出した人でもあるが、一方で『源氏物語』を重んじ、「源氏全講会」を公開講座として國學院で開講した。この歌もその情熱と関連しているわけで、中国の戦記文学などと比べて、源氏物語のこまやかで深い愛の物語を「価なき玉」と言ったのである。

国学最後の人と言われた三矢のこの志は注目すべきであり、「すばらしい宝を身の内に抱きながら、その真価を知らないで過ぎてきた人」を深くなげいているのである。

大正十二年は関東大震災の年だが、折口にとっても事の多かった年で、七月十七日に三矢重松が亡くなった。実はその翌日は、折口の二度目の沖縄への民俗採訪旅行出発の日で、後に心を残したまま、予定通り沖縄から台湾にまで渡り、九月三日関東大震災直後の横浜港へ帰ってくる。そして十月から、三矢家の許諾を得て、師の開いた「源氏物語全講会」を國學院で開講する。やがて昭和三年慶應義塾大学文学部教授となると、「源氏全講会」を慶應に移し、課外の公開講座として没年まで続けた。

折口信夫全集には、三矢重松の霊前で奏上するために折口が書いた祝詞が六つ収録されている。その中で昭和十一年七月の、「三矢重松先生歌碑除幕式祝詞」は、名文の例として鶴岡出身の丸谷才一氏が推している。

汝命《みまし》、いまだこの鶴岡の町の子どもにて、わらは髪うち垂りつつ、町といふ町巷《ちまた》といふ巷、行き廻り遊び給ひしほどのけしき思はするもの多く残れるを、この里のみ中の春日のすめ神の御社よ、遠き世のをさな遊びに、となりとなりの同輩児《よちこ》らとうち群れたまひ、心もゆらにたはぶれ給ひし日のままぞと、里びとの告ぐるによりて求《と》め来れば、宮の内外《うちと》の古き木むらも、仰ぎ見る額のかずかずも、皆、汝命の幼《をさな》目にしみて親しかりけむと思ふに、大人《うし》のかくり身すらただここもとにいまして、今日の人出にたちまじり、たのしみ享《う》け給ふと、今しはふと思ひつ。

引用したのは、祝詞の中心部の一段で、幼い日の三矢の町中に遊ぶ姿がまざまざと浮かびあがり、その声までがひびいてくるようで、亡き師の魂に呼びかける力が伝わってくる。
最後の「三十年祭」の祝詞は昭和二十八年八月の遺稿で、箱根の山荘で最後の力をふりしぼっての口述を、私が枕もとで筆記したのであった。

ゆめに似てゆめよりも疾《と》くすぎにし月日を数ふれば、まことも三十といふ年を経て、われどちみな面しわみ、黒髪白け、とひかはす声さへかれて、わかき面わはなくぞなりける。
国は乱離し、民は流離し、悲しみを重ねて、十年《ととせ》のほどに、再びおこり来るきざし見えつ。
……

さびしく短い祝詞が一応できたのだが、先生は九月三日に世を去って、三十年祭までは生きていられなかった。三矢先生の祭は十月十八日、武田祐吉、西角井正慶などの人々が鶴岡市へ出かけて、執り行われた。

しかしその後も、私は鶴岡やその東隣の櫛引町《くしびきまち》黒川を訪ねることが何度かあった。黒川の村には氏神の春日神社の王祇《おうぎ》祭《さい》に演じられる、上座・下座に分かれた能が伝承されていて、黒川能として有名であった。私がこの能を見たのは昭和二十年代で、神宮外苑の日本青年館で毎年、郷土芸能を招いて上演する、文部省の催しに折口先生に連れられて行ったのが最初だった。その時は何の予備知識もなく、民謡や踊りとは違って本格的な能でありながら、謡いに微妙な訛《なま》りのあるのが気になったりして、どこかなじめなかった。

ところがそれから二十年余りたって、馬場あき子さんから誘っていただいて、その後何度か春の黒川村をおとずれ、いつも春日神社の神主さんの難波家のお宅に泊めてもらって、頭屋《とうや》の家で舞う能、春日神社で舞う能などをじっくりと見学することができた。能だけではなくて、村全体が祭の気分にわき立ち、神主さんの家が頭屋に当った年など、まるで村びとの一人に自分も変身したかのような興奮を感じて、勧められて神社からのお迎えの使者を受ける役を演じさせてもらった。「どーれー」と玄関に正座して恰好をつけたり、襖《ふすま》に自作の和歌を書いたりもした。

しかし村には風紀係のような青年組があって、都会から来たカメラマンなどが傍若無人にふるまったりすると、「おめえらのための祭じゃねえんだぞ。神様のためにつとめてんだ。まちがえるでねえ」と戒めるのが実にさわやかに感じられ、村びとの妨げにならぬように心がけて拝観していた。

ところがある年、「今年はお殿様がおいでになる」というささやきが村中に伝わっていて、春日神社の拝殿の隅の方に小さくなっていると、鶴のようにすがしい痩身の殿様が上座につかれた。その時はもう平成の世になっていて、私は歌会始の選者、また和歌御用掛もつとめていたし、お殿様の酒井忠明氏が佐佐木信綱門下の歌人で、昭和二十九年の歌会始の「林」というお題の時、

芽ぶきたつ裏の林に山鳩のなくねこもりて雨ならむとす

という歌で入選していられることも知っていた。

ところが能が何番かすすんで、中立《なかだち》になった時、お殿様が私を見つけて「あれ、岡野先生どうぞこちらへ、こちらへ」と声をかけてこられた。恐縮してそばへ行って座った。

能が終って直会《なおらい》になった時、お殿様が立って、昭和天皇の病が重くなられた時、こころ利いた女官が、鏡に名月を映して、病床の陛下にお見せ申したという話を私が知って、感じ入って、

手鏡に月かたぶくと見たまふをかなしく人は世語りとせむ

と詠んだ、その話と歌が新聞に出たのを、殿様が覚えていられて、村人に紹介された。それから、村人のあつかいが変った。私は何となく気はずかしい気がしながら、お殿様の歌人らしい配慮ある紹介が、奥床しく、うれしかった。

その後、よく考えてみると、武人で歌人であった人も昔は多かったのに、戦後になって「殿

様」と昔の領内の人々から慕われている人が召人になったことは、まだ無いのに気づいた。そのことが入江さんの次の侍従長の徳川さんとの間で、話題に出たこともあったのを思い出した。

そんなことがきっかけになって、平成十五年（二〇〇三）の歌会始に、酒井忠明氏が召人となられた。十四年十月末には、宮内庁から使者が派遣されて、召人と定められた旨の通達があった。

今もなほ殿と呼ばるることありてこの城下町にわれ老いにけり

歌会始の当日、この歌が朗々と披講されると、天皇のお顔がほっと明るくなられたような気がした。きっと、「ほう、あちらは殿か」と、親しみの心をお感じになったのであろうと思う。選者席は天皇の真正面なので、細かな表情がうかがえるのである。

同時に私は、この歌を知った城下町鶴岡の人々、殊に「殿」と呼びかける心を今もなお自然に持っている人たちの思いのほどが、なつかしいものに思われた。

忠明さんは召人をつとめられたその翌年、平成十六年二月二十八日、八十七歳で逝去された。忠明さんにとっては、文字通り最後のおつとめとなったわけだが、間にあってよかったと、私はひそかに胸を撫でたことだった。

鶴岡の御葬儀にうかがったのち、その翌日赤川の瀬になお名残り惜しげに残っている白鳥の群が、発つ日の近くなった鋭さを感じさせながら、人を寄せつけぬ様子でただよっているのを見て、魂の鳥の行く手をしみじみと思ったことであった。

沖縄と折口信夫（一）

まず、柳田國男と折口信夫の初期の交流を知るために、『柳田國男全集』と『折口信夫全集』の年譜の上に関連事項をたどってみる。年齢は柳田の方が十二歳年長である。

大正二年（一九一三）柳田三十九歳・折口二十七歳。

三月、柳田が雑誌『郷土研究』を創刊。柳田は「巫女考」「山人外伝資料」を発表。

十二月、『郷土研究』に折口が投稿した「三郷巷談」が掲載される。署名は「大阪東区　折口信夫」。柳田は、著名人の「口を折り忍ぶ」の意の変名であろうと推測したという。（折口は翌年四月、今宮中学の教員を辞して上京した。）

大正四年（一九一五）

四・五月、前年に折口が投稿していた「髯籠《ひげこ》の話」が、『郷土研究』に連載。

六月九日、新渡戸稲造邸での第三十五回郷土会に、折口は中山太郎に連れられて初めて出席し、柳田に会う。以後、柳田の知遇を得ることとなり、終生、師の礼をとる。

十二月十二日、郷土会で初めてロシア人ニコライ・ネフスキーを知る。

大正七年（一九一八）

二〜四月、ニコライ・ネフスキーのために『万葉集』東歌、『源氏物語』桐壺の巻を講義。

十月三日、柳田を訪ね、『土俗と伝説』に連載中の「日本民譚辞典」のことなど相談する。

十二月二十九日夕、中山太郎・ネフスキー・岡村千秋等と、柳田を訪ね年を惜しむ。

大正九年（一九二〇）

九月二十八日・十月五日、折口宅で國學院大學郷土研究会を開き、柳田の講演「フォクロアの範囲」を聴く。

十二月、折口は、柳田から奄美・沖縄の旅に誘われたが、鹿児島の宿へ手紙を書いて断る。

柳田は十二月十三日より沖縄をめざす旅に出る（『海南小記』の旅である）。十五日、神戸から春日丸に乗る。別府から九州東海岸を南下して、鹿児島を経て徒歩で三十一日、佐多岬へ着く。

大正十年（一九二一）

一月一日、柳田は鹿児島県肝属《きもつき》郡佐多村で新年を迎える。三日、宮古丸にのり、五日早朝に那覇に上陸。伊波普猷《いはふゆう》と会う。十六日鉄道馬車で糸満にゆく。二十一日、宮古島漲水《はりみず》に着き、平良町を一巡。二十四日、石垣島に上陸、岩崎卓爾《たくじ》に会う。二月二日、島袋源一郎と齋場御嶽《せーふあうたき》を拝みにゆく。五日、那覇の松山小学校で「世界苦と孤島苦」を講演。六日、歴史地理談話会で「神話のナショナル・インタープレテーション」と題して話す。七日、那覇出帆、名瀬《なぜ》（奄美大島）に着く。二月八日、名瀬を発ち、西仲間―古仁屋《こにや》―加計呂麻《かけろま》―西古見《にしこみ》―阿室《あむろ》を経て十五日、鹿児島着。

三月六日、折口宅の小集会で、柳田から奄美・沖縄の話を聴く。三月十二日、引き続き柳田から、沖縄の土産話を聴く。

三月三十一日、折口宅で柳田の渡欧壮行会を催す。金田一京助・中山太郎・岡村千秋・ネフスキー・松本信広らが参加。折口は二十人分ぐらいの天婦羅を一人で揚げてもてなし、柳田から「こんなに熱心に料理をする人の学問は大成するだろうか」と心配されたという。（料理を作ることは、鈴木金太郎も藤井春洋も私も、長く折口の家に居た者は皆、それぞれ折口の好みの料理屋につれて行かれて、この味を覚えなさいと言って仕込まれたから、鰻でも小鳥でもステーキでも、それなりに料理することができた。）

これで一往、両先生の年譜を追った記述から離れて、折口が沖縄を訪ねた三度の旅について、見てゆこう。

第一回　沖縄の旅

大正十年七月、折口はいよいよ第一回の沖縄旅行に発ち、七月十六日に那覇に着いた。本島を中心に久高島《くだかじま》・津堅島《つけんじま》を採訪し、さらに国頭《くにがみ》地方（沖縄北部）に一週間滞在した。そして帰途、壱岐に渡って、八月二十三日から九月中旬まで壱岐を旅した。

「をとめの島―琉球―」と題する一連の短歌作品は、この旅中での詠草である。

をとめ居て、ことばあらそふ声すなり。穴井《アナヰ》の底の　くらき水影《ミヅカゲ》

処女《ヲトメ》のかぐろき髪を　あはれと思ふ。穴井の底ゆ、水汲みのぼる

人の住むところは見えず。荒浜に向きてすわれり。刳《ク》り舟二つ

前の二首は降《ウ》り井《カア》・穴井《アナカア》などと言って、地表から深く降りてゆく水汲み場で、女同士で口争いをしながら、水を汲んで上ってくる様子である。三首目は迢空の歌らしい荒涼とした浜の様子で、「さばに」と呼ばれる小さな刳り舟は、やがて昭和十年の三度目に折口が沖縄を訪れて、伊平《いへ》屋《や》・伊是名《いぜな》の両島へ渡った時にも、また私が昭和四十八年（一九七三）に伊平屋島・伊是名島に渡った時にも、同様の小舟に乗って海峡を越えたのだった。

こういう光景に出あうと、折口の心は自然に吾か人かというような、虚空を遍歴してゆく思いの中に誘いこまれてゆくらしい。例の「ほうとする話」の気分である。「折口君の旅には、短歌という日本人に特有の心の表現の形があった」と柳田が言うのも、それである。

だが、折口は沖縄の旅ではもう一つ、旅を深く心に刻み、その地の風土や人の心情、風俗や生活を忘れ難いものとするためのメモを残している。大正十年の旅の控えの「沖縄採訪手帖」と、大正十二年の再度の旅行の時の手控えの「沖縄採訪記」とが、全集の第十八巻に収められている。旅中の怱忙《そうぼう》の中で、時に立ち止まって、時に歩きながら、あわただしく手帖に書きとめる文字は、折口の独特の崩し字で、しかも沖縄方言や特有の固有名詞の記録である。非常に読みにくいのを、中学時代からの教え子で、國學院大學を卒業して沖縄の高校教員をつとめた体験のある牛島軍平さんを中心に、折口全集編纂室で読み解いていった日の思いは、今も私の記憶に鮮明である。

当時、国文学の全集で三十巻を越えるものはどのくらいの部数が売れるか予測がつかなかった。出版が始まったら必ず毎月一巻ずつ決まった日に刊行するというのが、販売上の必須の条件だった。『古代研究』とか『口訳万葉集』とか既刊本で時間をかせいでおいて、編集に時間を要する巻の資料集めに必死になった。中央公論社では、栗本専務と私より二歳年上の温厚だが意志の強固な高梨茂さんが担当者で、こちらは私が編集の責任者を言いつけられ、國學院出身の二人の若く熱心な編集者と、慶應の池田弥三郎さんの教え子の数名の学生の手助けを得て、資料蒐集から原稿作成、校正のすべてが進められた。今宮中学以来の教え子の牛島軍平さんと、慶應の先輩の加藤守雄さんにそれぞれ、編集と会計上の相談役になってもらって、毎月の刊行日を一度も遅らせることなく全巻の刊行を終った。

ただ、徹夜つづきの過労で、若く誠実な編集者の佐野斎宮《いつき》さんが健康を害して亡くなり、丹念な校正者の鈴木崇男《たかお》さんがひどく視力を損ねたのは、私の責任で何とも申し訳なかったと思う。当時、私は日吉の公団住宅に住んでいた。田園調布の幼稚園に通う次男と一緒に東横線に乗って吊革を握っていると、徹夜の疲れが出てついうとうととして、膝ががっくりとなる。はっとすると、前に掛けている息子が「パパは疲れてるんだねー」と、同情のこもった声を上げたりするのが恥ずかしかった。

第二回　沖縄の旅

折口の二度目の沖縄旅行は大正十二年七月二十日に出発した。出発の直前、七月十七日に敬愛する三矢重松が胃癌で亡くなった。葬儀やその後のことが気がかりな状態での出発だったろうと思う。当時、くり返し三矢先生を歌った歌が多い。その連作の詞書《ことばがき》の中に、「亡くなられた三矢重松先生の病気の、いよ〳〵重つた頃、ひとり、箱根堂ヶ島の湯に籠つて、先生を記念するための、ある為事《しごと》に苦しんでゐた」と書かれている。為事の内容は、私の推測では、おそらく病篤い先生の博士論文を完成させるための急ぎの執筆であったろうと思う。三矢文法の詳細や、その学風を折口ほどに知悉《ちしつ》している者はないはずなのだから。

　先生、既に危篤
この日ごろ　心よわりて、思ふらし。読む書のうへに、涕《（ナミダ）》おちたり
わが性《サガ》の　人に羞《（ハ）》ぢつゝもの言ふを、この目を見よ　と　さとしたまへり

　先生の死
死に顔の　あまり　空しくなりいますに、涙かわきて　ひたぶるにあり
ますらをの命を見よ　と　物くはず、面《（オモ）》わ　かはりて、死にたまひけり

折口にとって三矢重松がどういう師であったかは前項でも触れたが、国学の道統を考える上で、折口にとっては最も重要な師であると共に、何よりも心を許して素直に接することのできる暖かさがあった。同じ貧しい士族の家でも、柳田のようにそのことに拘泥するところがなく、さわや

かであった。

源氏物語に寄せる心の篤さも、「価なき玉をいだきて知らざりしたとひおぼゆる日の本の人」など、まどろっこしいようなたとえに托した歌いぶりはぎごちなく、不器用だけれども志のほどは一筋であった。そういう一筋に感動する心を折口は尊んだのであったろう。

二度目の沖縄の旅も、日記のような形での記録はない。旅中の手帳「沖縄採訪記」が残されただけである。行程は、宮古・八重山を経て台湾に渡り、基隆《キールン》から門司《もじ》に帰ったが、それからが大変だった。神戸港で関東大震災の報を知り、救護船山城丸に乗って横浜港に着き、そのまま歩いて下谷区谷中清水町の家まで帰った。途中、増上寺門前のあたりで、長い南島の旅の姿を朝鮮人と間違えられて、自警団から暴力を受けそうになった。そうした体験の後、しばらく短歌が作れなくなり、緊迫した体験は次のような作品となった。

砂けぶり

横網の安田の庭
猫一疋ゐる　ひろさ
人を焼くにほひでも　してくれ
ひつそりしすぎる

　赤んぼのしがい
意味のない焼けがら——。
つまらなかつた一生を
思ひもすまい。脳味噌

太初からの反目を
だれが　批判するのか。
代々《ダイダイ》に祟る神。
　根強い　人間の咒咀

両国の上で、水の色を見よう。
せめてもの　やすらひに——。
身にしむ水の色だ。
　死骸よ。この間　浮き出さずに居《ヲ》れ

横浜からあるいて　来ました。
疲れきつたからだです——。
そんなに　おどろかさないでください。

朝鮮人になつちまひたい　気がします。

第三回　沖縄の旅

昭和十年、折口は十二月中旬、藤井春洋とともに、第三回の沖縄旅行に出発した。二十日に那覇に着いて、国頭地方をめぐったのち、春洋を那覇に残して、折口のみが案内者と共に、沖縄で「さばに」と呼ぶ、足の速い独木舟《まるきぶね》のような小舟に乗って、沖縄の尚氏《しょうし》発祥の地と伝える、北方の伊是名島・伊平屋島をたずねた。

この時の旅では、三篇のかなり長い詩を、翌年の雑誌に発表している。

干瀬の浪

昭和十一年五月「遠つびと」

国頭《クニガミ》の辺戸《ヘド》のみ崎に
わが来たり　息づきにけり

国の秀を遠く来離れ―
人の住むところも見えず―
ひさかたの空に続きて
洋《ワタ》の波　青く澄みたり

照れる日に　我は来りて、
照りあまりけぶる真昼に、
鬱悒《オボヽ》しく　目翳さしたり。

飛ぶ鳥の　絶えたる海に
はるかなり。見えわたるもの―
　海阪《ウナサカ》の汐瀬の浪折《ナヲ》
　　うち白む　干瀬の浪の秀《ホ》

何に　かく傷《イタ》む心ぞ―。
純青《ヒタサヲ》に凪ぎたる海を　見放《サ》けつゝ
我は息づく

世語りの　かなしきことを
わが為に言ひて聴《キカ》さむ人もなき
　辺戸《ヘド》の荒磯に、
　おり立ちて　なげかふ心
おのづから　かよふとすらし。

いにしへの島の処女《ヲトメ》の―
古き代《ヨ》の邑《ムラ》の童男《ヲグナ》の―
とこしへに尽きぬ憂ひに―

南《ミムナミ》の　沖縄《ウチナ》の島
春べには　いまだ遠くて、
叢に　花はにほはず。
磯の間《マ》の狭き浜には、
まなご土《ヅチ》　白く乾きて
しみらにも　寒く光れり

日だまりの岩間に居つゝ―
うち仰ぐ巌《イハホ》が懸崖《ホキ》の
高処より、道か　とほれる。

青々し　山の端かけて
立ちうつる土のけぶりの　ほの〴〵と
あとなき思ひ―

かくしつゝ　時は過ぎなむ。
現し身の　時はみじかく
　思へども　思ひ見がたきものゝ　はかなさ

こんな風に、昭和十年の沖縄訪問によって急に増えはじめた、折口の沖縄の叙事詩は、昭和十二年七月刊の『南島論叢』（沖縄日報社）に収められた論考、「琉球国王の出自」とも相俟《ま》って、さらに伊平屋・伊是名両島の実地調査の成果もかさなって、折口の胸の中でいよいよ濃密な構想を深めていったものと思われる。

帰郷して直後の昭和十一年二月八日、國學院大學の郷土研究会で「琉球国王の出自」について折口の語った考察が、北野博美氏の筆記によって『日本民俗』に紹介され、それはまた折口全集第十八巻の「解題」にも収録されている。そして、昭和十三年七月の『むらさき』第五巻第七号に、「月しろの旗」――藩王第一世　尚氏父子琉球入りの歌――が発表される。全集本で六十頁を越える長篇叙事詩である。その最初の部分を引用する。

月しろの旗
――藩王第一世　尚氏父子琉球入りの歌

一、海《ウミ》の幻

しづかなる時は　経ゆきて、
声ひゞく―　人の泣くこゑ―。
大海や　遠くたわみて、
うち霞み　白《シラ》む一色《ヒトイロ》―。

わが船は　ひたに進めり―
ものもなき洋《ワタ》のみ中に。
さびしけく　我はなげゝど、
よすがなく　われは思へど、
わたつみの奥処《オクカ》も　知らず
ひたすらに　舟は入り行く―。

かくの如　凪ぎたる海の―
うつ〳〵に寂しきことは、
とりよろふ海の深き青《ヲ》。
音たえし浪のそこひに―、

沈《シヅ》透きつゝ見え来る　おもわ—。
真昼日の海の　まぼろし—。
　照り澄める光りの中に、
我ぞ見る—。あはれ　故里《フルサト》
　肥後の国　宇土《ウド》の長浜。

　悠々《ウラ、》に　汐気《シホケ》けぶりて
　海の風　寛《ユタ》に渡らふ—。

若夏の空のなごみに
ほのかなる香すらまじりて、
　麦の原《フ》にたゆたふ風の
　そよろにも過ぎ行く丘に、
処女子と　二人のぼり居、
　わが聞きし声こそ　匂へ—
真白羽ね　幾つつらねて

白鳥の　い行きかくろふ
ひさかたの天草島。

前島に下地重《シモチ》り、
おぼゝしく　との曇りして──。
処女子は　息ざしかをり
よき語《コト》を聞かすとするを……──

我がよろひ　かわらと鳴りて
大刀の鞘　さやらふものか──。

まだほんの発端の部分だが、ここで引用をやめる。
伯耆《ほうき》の武者名和《なわ》氏の若者、名和四郎をもりたてて、三十人ほどの男たちが、九州、熊本の佐敷《さしき》から、沖縄の佐敷をめざして海を渡ってゆく、雄々しくも苦難にみちた航海の旅路である。
この長篇の海の叙事詩、そして沖縄の尚家の発祥を説こうとした構想は、折口の沖縄に対する永く深い敬愛の思いをこめた、情熱の所産であったが、沖縄の人たちからは、あまり共感や支持を得られなかったようである。
だが、折口の沖縄に対する熱い思いは、戦況が激化してゆくにつれて、正面から軍の報道に怒りを表現するまでに激しくなってゆく。更に戦後の沖縄に対する切実な思いや、その文化・芸能に対する変らぬ敬愛の心の現れた配慮は、私の記憶にも幾つか刻まれている。その事は次項に述べることにする。

沖縄と折口信夫（二）

前項にあげたような三度の沖縄採訪旅行によって、折口の沖縄への思いはいよいよ深まった。殊に柳田の民俗学の視野と違って折口が深い関心を持ち愛着と情熱を示したのは、沖縄の芸能に対してであった。

三回目の沖縄旅行を終った直後の昭和十一年（一九三六）二月、折口は日本民俗協会幹事会で、琉球の組踊《くみおどり》を招聘《しょうへい》する案件を出し、実現を計っている。更に四月の國學院大學の郷土研究会において組踊についての解説を話した。そういう努力がみのった結果、五月三十日、三十一日の両日、日本民俗協会の主催による「琉球古典芸能大会」が神宮外苑の日本青年館で開かれることになり、当時の沖縄舞踊を代表する玉城盛重《たまぐすくせいじゅう》・新垣松含《あらがきしょうがん》以下約二十名が、組踊その他の沖縄舞踊を上演した。

その解説の文章を、折口は『日本民俗』に「組踊りの話」と題して発表した（『折口信夫全集』第二十一巻所収）。当時、沖縄の芸能についてほとんど知らなかった人々にとって、よい手引になったはずである。今また、見る機会のほとんど無くなった沖縄の組踊について、その要所を引用する（適宜、ルビを加えた）。

組踊りは、また冠船踊りとも言うた。明治以前、今の尚侯爵の先祖が琉球国王であつた当時、その代替り毎に、支那がそれを認める冊封使《サッポウシ》といふものをよこした。その使者を乗せた、飾り立てた船をお冠船といひ、それを迎へる踊りであつたからだ。其時には、王宮内に舞台を造つて、そこで演じたので、役者は、すべて貴族・士族の階級から、主として若いものを選んで訓練をしたのである。それを、踊りの性質から言つて組踊りと称した。

すべて演劇は綜合芸術であるが、殊に組踊りはおぺらの様なもので、沖縄の演劇・舞踊・歌謡・器楽の類を全部とり込んでゐるので、それが幾組か連続的に行はれるのである。（中略）

今度もつて来る組踊り四つは、いづれも本土の能と関係のあるもので、考へ方によつては、能を観た沖縄の人が、国へ帰つてその地の事情に合ふやうに作りかへたとも見られるのであるが、本道は土台になるものが向うにあつたのである。それが、本土の発達した演劇に触れて、新しいものを書き、振りをつけ、曲をつけるやうになつたので、此中には、まださうした影響をうけない前のものと近代にとり入れたものとが交つてゐる。で、向うでも囃されるものは、本土のを真似たもので、沖縄のものは、劇的興奮が少いと言はれてゐる。譬へば、「手水《テミツ》の縁」などは、沖縄の豪族の息子と娘とを取材にした、沖縄の事情に通じたものであるが、一向に面白くないと言はれてゐる。

此度持つて来る「二童敵討《テキウチ》」は、疑ひなく「小袖曾我」の焼き直しである。工藤に当るのが、勝連の阿摩和利《アマワリ》といふ伝説的の梟雄で、それを鶴松・亀千代の二人が討ちに行くのである。阿摩和利は、玉城盛重《タマグスクセイヂユウ》氏得意の芸で、花道を出て来て、七目付といふ事をする。沖縄の人は、それを大変感心して見てゐるが、恰度、能や歌舞妓を鑑賞するのに特別な見巧者があるのと同じで、約束上感心してゐるだけの事で、根本的には何もないのである。（中略）

「執心鐘入」も、道成寺の飜訳だと見られる。本土でも、鐘巻といふ語を使ひ、能では蛇が鐘に這入る事になつてゐる。それを、地理・事情だけは沖縄風にしてゐるが、土地が狭いので、空想を飛躍させる事が出来ない。従つて為組みも小さくなる。此などは、種が向うにあつてこちらの為組みを入れたのか、全然本土のものを持つて行つたのか、問題だが、私は、持つて行つたのだと考へてゐる。

「銘苅子《メカルシ》」は、銘苅子といふ農夫が天人に遇つて羽衣を隠し、夫婦になつて二人の子供を儲けるが、十年の後、姉が弟を守りしながら、子守り唄で母の飛衣の在所をあかす。天人はそれを聞いて飛衣を得て再び天に舞ひ上がるといふ筋で、沖縄に昔からあつた話であるが、こちらにも、謡曲の「羽衣」以外に、色々な伝説があつたので、それが一緒になつてゐるのである。（中略）

来る役者は、同地で名人として尊重されてゐる玉城盛重氏と、同じく名人と言はれてゐる新垣松含氏との外、二十名ばかりで、市会議員や女学校の先生なども交つてゐるのである。

（以下、省略）

折口がこれだけ情熱をこめて招いた沖縄の組踊は、東京の民俗芸能に関心ある人達の間で非常に好評を得たのであった。

当時、私はまだ伊勢の山村の小学生で、そんなことは知る由もなかったが、戦後になって伊馬春部・池田弥三郎・戸板康二など、折口門下の先輩から、その時の若い女性の舞踏の美しかったこと、更に玉城・新垣両優人を中心に演じる、せりふと歌と舞踊から成る古典劇の「組踊」の味わい深かったことをくり返し聞かされて、羨望の思いを押さえることができなかった。

幸に、この時の公演が終ったのち、折口信夫が沖縄の新聞に発表した、紙名・発表月日不明の記事が沖縄図書館所蔵の『佐渡山安治スクラップ』に収録され、更に『折口信夫全集』第十八巻に引用されて残っている。戦争のため多くの資料の失われた沖縄では、こうした個人のスクラップが貴重な資料となっている。その一文をここに引用して、今はほとんど幻となった組踊のせめて一端でも知っていただこうと思う。

組踊復興への道

折口信夫（昭和十一年六月頃、新聞）

皆さんのおかげで大成功に終ることが出来た。これを機会に沖縄の組踊が復興するならば、これ程幸福なことはない。組踊が盛んになるといふことは、芸能がその中で生きてくるといふことだ。同時に一々の歌なり舞踊なり音楽なりが磨かれてくるといふことを意味するのだから、結構至極といはねばならない。第一に喜ばしいことは、従来行はれなかつた大同団結が、沖縄の芸術家諸君の理解ある提携に依つて実現できたといふことだ。沖縄を敬愛する、従つて沖縄の芸術を愛好おくことあたはぬ私どもにとつては、この上ない喜びである。それから、暇をみたら台本の下書をこしらへて、それを組踊向きの古い語に直してみたい。今のまゝの形に近代的呼吸を吹きこむといふことをするならば、尚《なほ》生命が保つて行けると思ふ。そのためには、親友伊波さんを患はして組踊向きに台本を私が書いてもいゝと思つてゐる。玉城（盛重）氏始め老人たちの喜んでゐらるゝ顔を見ても、吾々はかすかながら良いことをしたといふ喜びをおぼえる。金武（良仁）老人の、童心を以て喜びにあふれて、どんな折合ひでもつけてゐる様子を、綜合芸術としての舞台の上でもやつてゐて下さるのを見て、これだと思つた。皆がこの調子でやつて行つて下されば、組踊が立派になることは疑ひもない。だから、沖縄の紳士たちがさういふ点に着眼してもらつて金武さんのやうな心になつて、玉城・新垣（松含）両氏が芸を愛してゐるその心持を自分たちの心として行つていたゞければ、心配することはないやうな気がする。今は感激に浸つてゐるので、あとから冷やかに考へたらもつといゝことが言へさうな気もする。

それから同時に、伊波さんのことづけを伝へておきます。先日の放送に行つたとき、放送が済んだ瞬間にあなうんさあやその他の人々が放送機械室から出てきて口をそろへて私に言つたのは、沖縄の劇に於ける発音の非常に正確なこと、これほど発音法を練つた芸はこれまであまり見なかつた、といつたことだ。機械を通じて見たことだから、これほど確かなことはないのだ。これを伊波さんに言つたところが、長い間の組踊の役者たちが、げきれいにげきれいいを重ねてやつてきたえろきうしよん及び発音法が始めて認められた、と言語学者だけに非常に吾意を得たりといふやうな顔をしてゐた。これを伝へてくれといふことだから、取り次ぎます。

こんなふうにして、昭和十一年の沖縄の古典舞踊の紹介は、心ある人たちに深い印象を残して終った。後から考えると、想像もできない巨大な台風が襲来する前の、束の間の平穏がもたらした夢の出来事のように思われる。

それから数年の後に、日本の運命は大きく変ってしまった。日本列島の遥か南に位置する沖縄の体験しなければならぬ運命は、最も苛烈なものであった。

昭和二十年は折口の身近に居た若い者は春洋をはじめほとんどが召集を受けて、居なくなってしまった時期である。日本演劇社につとめていた戸板康二だけが、時々自転車で二十分ほどの大森の家をおとずれて、演劇についての話を聞いていた。戸板の著書『折口信夫坐談』(昭和三十四年)の中には、時々沖縄の戦況を心配する話が出てくる(＊印が折口の言葉である)。

五月二十九日
○沖縄がはげしい戦場になっていた。伊江島がまず、米軍の上陸拠点となった。
＊伊江島というのは、那覇へ行くときに、まず見えてくる、柱のような島だ。

＊残波というところ、素人の私でも、敵の上って来そうなところだと思う。
＊ノロクモイ（巫女）が、どうしているかと思う。沖縄の巫女が神に祈っているところを芝居にして、仁左衛門（十二代目）にでもさせたらどうだろう。
六月二十日
○先生の沖縄に寄せる感懐は、その頃お目にかかるたびに、かならず沖縄の話が出たことで、よくわかった。沖縄が占領され、土地の人がどうするかということが問題であった。「あとすぐ参ってやれるようだといいが」と、しきりにいっておられた。
＊国頭《くにがみ》あたりの人はどうしたか。たぶん、兵隊といっしょになれなかったものもいるだろうよ。
＊「天金《てんきん》」（池田弥三郎）と加藤の作った伊豆の道祖神の写真帖と、沖縄の写真だけは、壕に入れておこうかと思っている。
七月二十六日に、「日本演劇」の編集長として、情報局の会に出た。近く米軍が日本に上陸作戦を行うという予測があり、そういう事態に即応して、ますます敵愾心を昂揚させるために、学者、ジャーナリスト、芸能人などを集めたわけである。あとで知ったのだが、この会合のとき、すでに政府はソ聯に対する和平の工作を進めていたらしい。しかし、そのようなことを私らは知らされず、悲壮な気持で会に出たのだ。

先生とは、たまたまこの会でお目にかかったのだが、先生が立ちあがって海軍報道部の少将に質問されたことばは、出席している人たちが顔を見合せるような、はげしいものであった。

「私のような何も分らぬものですが、栗原さんと年輩が同じだけに、おっしゃることの手の内が見えるような気がいたします。私ども、伊勢の外宮が炎上し、熱田神宮が焼け、また明治神宮が焼けたのを知って、ほんとうに心を痛めています。また大宮御所が戦火を受け、御所にまで爆弾が落ちた。これはシンボリックな意味で、国体が破壊されたのと同じだと思います。そういうことを思いをひそめて考えた場合、啓蒙宣伝ということが、ことばの上だけのものではいけないという気がいたします。（中略）沖縄本島は私、隅から隅まで歩いて知っています。あの土地には友人も、私の教え子も、おぜいいました。そういう者たちが、弁当持ちや郵便くばりをして死んだのかと思うと残念です。そんなこと、考えたくありません。今のままでは、私なぞとりこ（捕虜）になってしまうかもしれません。本土決戦というからは、どうせ戦うなら一人でも敵を殺して死にたい。私は職業からいっても、学問の上からも、伝統の上からも、沖縄のことを知っているだけにそう思う」

以上、長い引用になったが、戸板さんという人は、丹念にメモを取る人だった。先生の家の居間で先生と向かいあって座っていても、手帳を持った手を机の下で巧みに動かして、手さぐりで話の要点を丹念にメモし、家へ帰ってからきちんとした文章に復原できる人だった。劇評家としての必要から得た特技であったろうと思うが、慶應の人は全般的にノートを取るのが丹念でうまかった。私は先生の家で口述筆記で原稿に仕上げるのが、日常の仕事だった。國學院や慶應の講義も、それ以外の場所での講演も、ノートに取っておいて必要な時に原稿に仕上げたが、何しろ先生とは祖父と孫の年齢差である。早朝の掃除から深夜の口述筆記、それに二つの新聞の投稿短歌の下選《したせん》など、用は限りなくあって、いつも睡眠不足を耐えていた。池田さんや戸板さん、あるいは実践女子大学の先生の於保《おぼ》みをさんの、丹念なノートの恩恵を受けることも多かったのである。

太平洋戦争がいよいよ末期となった昭和二十年（一九四五）七月八日、『週刊毎日』に発表した折口の哀切な文章がある。

島の青草

—沖縄を偲びて—

この一文は、既に亡き陸軍中将牛島満閣下、其部下の軍人・軍属各位、別けては、我が学び子にして、沖縄戦に従うた将校兵士及び、後方勤務に最後の誠を致した彼地の知己・友人諸子の霊に捧げたく思ふ。

秋待たで枯れゆく島の青草は、皇国の春によみがへらなむ
矢弾尽《ツ》き天地染めて散るとても、魂がへり魂がへりつゝ、皇国護らむ

> 六月廿五日、――二首の遺詠の、らぢおで発表せられた時、白波砕くる残波岬の夜明けの海が、何といふことなく、まざ〲と私の目に浮んで来た。極度に悲しむ私の心は、まことにやる瀬がなかつた。その岬の鼻に揺られ漂ふ、その昔《カミ》見た独木舟《クリ》になつたやうに、動揺した。だがその瞬間、岬の残巌に即《ツ》くともなく、また離れてゞもなく、ひと群の青草が、目にちらついた。その草原の緑が、目に沁むやうに思はれる。声をあげて叫びたいやうな私の心に、これほど応《フサ》はしい物の色はなかつた。岬の青叢《アヲクサムラ》、寂しい巌むらの上にそよいでゐる幻想――。私の記憶に、揺れそよぐ青草は、確かに事実の経験ではなくて、牛島中将の歌から出た印象である。三度目に、残波の波を望んでから、すでに十年に近くなる。荒涼たる残波の巌――あの空と海との間、白波の上に黒くつき出た巌の上の青草は、牛島将軍の歌以前には、見た記憶がなかつた。残波の波の上に見えたのは、ひたすらに曇つた空だつたに過ぎぬ。私の地理観を些少でも変化させたのは、故沖縄軍最高指揮官の辞世の持つた若々しい印象力であつた。

この牛島司令官はじめ、沖縄を守るために戦って命を終った、官・民すべての沖縄の人に対する、哀切でこまやかな悼みと祈りの文章は、まだ長く続いて、最後の部分はすでに硫黄島守備隊の将校として戦死している、養嗣子折口春洋への悼みの言葉で終っているのだが、引用はここで終ることにする。

ただ、折口もラジオで聞いて驚いたはずの、牛島中将の二首の歌、一見して歌人の歌のようにこまやかな整いを持たず、二首目などは殊に、下の句が短歌よりも音数の多い、仏足石歌的な形式になっている点などについても、ていねいに理解の心を働かせて、戦う者の真実な心の表現の中に、力ある尖鋭さを見出そうとしている。

この度の戦争で、永く住みなれた郷土に敵を迎え入れて、むごい戦を闘わねばならなかった沖縄の人々への、深い痛みの共感は、この頃の折口の心を責めつづけていたのであった。

戦いの体験が過酷であっただけに、その苦悩の時を生き延びた後の感動も深かったのであったろう。戦後になって大きな被害の中から立ちあがる力とよろこびの情熱の激しさを、私は沖縄の人々の生活から教えられたという思いが深い。

軍隊から解放された私は、海岸防備の塹壕生活で傷めた体の恢復を計った上で、二十年の秋に上京して大学にもどり、十一月二十一日に國學院院友会館で開かれた、折口の指導する鳥船短歌会に初めて出席した。先輩の中にはまだ外地から引きあげて来ない人も多く、先生も疲れて足を引くようにして歩かれるのがいたいたしかった。土曜・日曜などは、時間があると大森の先生の家へ行って、鬱蒼と茂る庭の木を切ったり、風呂を焚いたりした。

二十一年二月十一日は、昔の紀元節で先生の満六十歳の誕生日だから、同級の千勝《ちかつ》三喜男君と二人で、朝から出かけて、庭木を切り、薪を作って、先生の大好きな風呂をわかして、入ってもらった。二十年近く同居した春洋さんが戦死した後は、先生の家を守る人が長くつづかなくて、心がおちつかなかった。先生は外出から帰って風呂に入って、楽しそうだった。

帰りぎわに、短冊二枚に歌を書いて、「仲よく分けるんだよ」と言っていただいた。

けふひと日　庭にひゞきし斧の音―。しづかになりて　夕《ユフベ》いたれり
紀元節に　たのしげもなく家居りて、おきなはびとに見せむ書《フミ》かく

どっちの歌もよかった。駅前の喫茶店で、相談して、千勝君が「君の方がずっとよく働いたから、斧の音の歌はゆずるよ。僕は紀元節の方をもらう」と言った。何となく、沖縄びとの歌にも心引かれたのだが、千勝君はずっと年上の兄さんがあって、予科入学の時から鳥船短歌会に入っている。私は軍隊から解放されてからの入会だから遠慮する気持もあって、「うん、それじゃ斧の音をいただくよ」と言った。

この時の先生の歌にある、「おきなはびとに見せむ書《フミ》かく」が、どういう内容のものだったのか、確かには思い当らない。親しい友人の学者、伊波普猷《いはふゆう》さんに宛てた手紙のようなものであったか、あるいは戦後も先生の心を喜ばせた、沖縄の組踊の最後の名手、渡嘉敷守良《とかしきしゆりよう》氏への励ましの文章のようなものであったろうか。

沖縄と折口信夫（三）

戦時中の折口は、各地の知友や門弟から身を案じて地方への疎開をすすめられたが、その配慮に感謝しつつも東京の自宅を離れることが無かった。その理由の一つは、独身生活をつづける彼の傍らにあって、二十年近くも共に暮らしてきた門弟の藤井春洋が、再度の召集を受けて金沢の部隊で初年兵の教育に当り、最後には硫黄島守備の部隊の一員としてついに玉砕するに至ったこと。もう一つは、折口があれほど深い情熱を注いで研究の対象とし、日本人の生活と根源的な情念を共にする要素を見出してきた沖縄びとの美しい生活の場が、アメリカ軍による苛酷きわまりない戦場と化し、多くの沖縄の村びと達の命が酷《むご》くも絶たれたことである。

前項にも、その沖縄の戦況報告に関して直接の責任のある情報関係の海軍少将に、厳しい発言をする折口を記した戸板氏の文章を引用したが、そういう状況の中で、自分の身の疎開などは、考えられもしなかったのであろう。

しかし、戦はむごく、むなしい形で終った。戦争末期から敗戦直後の折口については、いずれ稿を改めて書くつもりだが、今は敗戦後の沖縄と折口の境遇について書く。

昭和二十二年九月発表の短歌作品に、次の一連がある。

那覇びと

沖縄を思ふさびしさ。白波の残波《ザンパ》の岸の　まざ〳〵と見ゆ

わが友の伊波親雲上《イファペイチン》の書きしふみ　机につめば、肩にとゞきぬ

伊是名島《(イゼナジマ)》　島の田つくるしづかなる春を渡り来て　君を思ひぬ

わが知れる　那覇の処女《ヲトメ》の幾たりも　行きがた知らず――。たゝかひの後

我が友を知る女あり。つじの町　弥勒をいつく家に　長居す

をかしげに　亡き人のうへを語りつゝ　語り終りて　せむ術《(スベ)》しらず

老い友の　死にのいまはをまもりたる　まごゝろびとを　忘れざるべし

さ夜なかの午前一時に　めざめつゝ、しみゝにおもふ。渡嘉敷《トカシキ》のまひ

最後の一首をのぞいた七首は、沖縄出身で東京大学に学び、琉球の歴史・言語・民俗についてすぐれた研究の成果を残した伊波普猷《いはふゆう》（一八七六―一九四七）の死を悼み悲しむ挽歌である。

私は実はこの年の四月、折口先生の家に入ってその身のまわりの事や、講義・講演の記録、原稿の口述筆記などに当ったわけで、伊波さんの生前の姿はかすかに印象にあるが、詳細ではない。沖縄の人の中では珍らしく体格が大柄で、明るく瀟洒《しょうしゃ》に感じられる人だった。沖縄を出て東京で居られることが長かったようだ。九歳年上のこの人に対し、折口は心こまやかに打ちとけて、い

つも楽しそうに話を交しあっていた。

『折口全集』には、この人を悼む二つの追悼文が収められている。その一つは二十二年十一月五日に『自由沖縄』第十七号に載った文章である。

世俗的な風格　――伊波普猷さんを悼む――

伊波普猷さんを思ふ時、まことに値遇の縁と言ふことを感じる。学統学歴を等しくしてゐると言ふのでもなし、つきあひと言つても二十年。其間どちらも可なり疎懶《そらん》な習癖を持つてゐると見えて、さうしげ〳〵行き来したわけでもない。其でもあへば相応に心を吐露して話しあうた。かう言ふ間柄と言ふものは、いつでも逢へると信じるが為に、のどかに別れ〳〵になつて居るが、愈《いよいよ》逢へぬときまれば寂しくて為方《しかた》がなくなるのではないか、さう考へてくると訣《わか》れたばかりの今、既に心細さを覚える。

伊波さんより数年遅れて、私立大学に入つた私が、赤門の言語学科の若い誰彼を見知りはじめた頃は、もう故人は卒業して沖縄へ還つた直後であつた。

私が沖縄へ渡つた初度と再度は、とう〳〵逢はずじまひであつた。初めての時は私は那覇の桟橋へ上つた翌日鹿児島へ公用で行つてしまつてゐた。二度目の時も、其に類したことで行きあはずにしまつた。図書館長の県外出張中の館長室や、郷土資料室で、読書をしてゐた私を、まざ〳〵思ひ出すのである。（中略）

性情懶慢好く相親しむ。門巷蕭条隣りを作すと称せらる。燭《しょく》を背けて共に憐む深夜の月。

花を踏んで同じく惜む少年の春……

古風な王朝式の訓み方を伝へてゐる白楽天の此詩が、如何に私どもの間にもしつくりとうけとられた。其ほど二人は古典的な感情で結びついてゐた。

沖縄を対象とする民族学研究が、今よりももつと、世界的な興味を持たれるやうになつたら、伊波さんの学問は、もつと認められたであらう。日本周辺民族の研究のうち、もつと広い学界にとりあげられてよいはずで、さう行かなかつたのは沖縄民族学であつた。此はひよつとすると、我々が少し日本的に壟断してゐた為ではないかと反省して見ることもある。だが却て我々の不勉強が沖縄民族生活の真面目を伝へないことに、こんな時が来てしまつて、凡役《およそ》に立たぬ学問になつてしまつたことは、反省は反省として、ある点までは沖縄古代学も進んできてゐた。伊波さんの言語民俗を土台にした研究が出ると、私は待つて居たやうに、その影響を受けた。さうして其を私の古代的智識の上に配置して考へて、その印象を、故人に語つたり、又書いたりもした。さう言ふ私の考へに、故人は又故人で深く立ち入つてきて、自分自身の経験を検討したやうであつた。だから二人の研究はこだまが互に応じるやうに相響いて効果をあげた。其間にも意見の相違は互に固く執つて相譲らなかつた。

沖縄から東京へ来て二十年、再《ふたたび》故郷の土を踏むことなく去つた故人を思へば、その感情が流れるやうに、私の心へも伝わつて来る。私が三度目に島へ渡る時にも誘うたのであつた。其は久しく離れた那覇・首里の春を見せようと言ふだけではなかつた。再びし三度しても尚徹底してはわからなかつた沖縄の理念の為に、この親友の深いかいぞへをたよりたいと言ふ私の望みもまじつて居たのであつた。併し伊波さんは、「いやまだ還りたくない」と言つて謝絶した。思ひなしか寂しい目の色、洞然と言ふ支那の副詞がまことによく描写してゐる。空虚なやうな中に、深く湛へた憂ひ——私は強ひることも出来なかつた。さう言ふ故人の気持ちをよく知つた冬子夫人も、相ともに幽かな吐息を洩したことであつた。
其から又十年近い月日がたつた。伊波さんと同行の出来る喜びを言うてゐた家の春洋も硫黄島で戦ひ死んだ。あの時、先生をはなれた心持ちで修学旅行の我々唯二人、飽くばかり島々を見て歩いた。併し寂しい沖縄の春であつた。(以下略)

長い引用になったけれど、沖縄に深い愛情を持って三度おとずれ、そこに生きる人々の信仰・言語・習俗・芸能について、深い情熱を持ち続けた折口が、十年近く年上で沖縄に生まれ育ち、同じく沖縄学の先輩でありながら、事情あってある時期から郷土の島を出て東京にとどまり、晩年も帰ることの無かった伊波普猷氏への、終生変ることのなかった友情と愛惜をこめた、別れの言葉である。追悼文の最後は、「あ、沖縄の学、殊にその民族学は、この先進を失つてどうなつて行くことであらう」と結ばれている。

こうして改めて文章を書き写していても、当時二十二歳で初めてこの文章を読んだ時の私の思いがよみがえってくるようだ。この話を筆記したのは私ではなく、先輩の誰かだと思う。先生からその頃、亡くなった伊波さんのことを思い出してぽつぽつと話してもらったことを覚えている。

「伊波さんは、アメリカの映画俳優のアドルフ・マンジューに似ていたね。額が禿げあがって、ちょっといい感じだったよ」

折口という人はほんの幼い頃から、家の近くの芝居小屋にもぐりこんで、歌舞伎をはじめあらゆる演劇を見てきたから、人の癖や特徴をとらえるのが早くて確かだった。街を歩いていてエノケンの看板が出ていると、すぐ質問が出る。「この人に似ているの誰だ」。答えると厄介だなと思うから黙っていると、「もう、おっさんは今月の芝居には連れてゆかない」と言う。おっさんとは、私が先生の家へ入るより四ヶ月ほど前から、歌人で京都大学で澤瀉《おもだか》久孝博士の研究の手伝いをしていたという矢野花子さんがお手伝いに入り、先生は「おばさん」と呼んでいた。そこへ私が加わったから「おっさん」になった。矢野さんは私の母と同年だから、おばさんが自然な感じだったが、若い私を先生が大きな声で「おっさん」と呼ぶと、初めての来客はみな、けげんそうな顔をした。でもそれも、半年くらいすると馴れて、別に気にならなかった。エノケンに似ているのは伊馬春部さんで、南方の戦場から帰った頃は痩せて、眼が大きく軽い身の動きや表情がそういう感じを連想させた。

伊波さんの、日本人には珍らしい容貌の話から、本筋をそれたような感じになったが、追悼文に引用されている白楽天の艶麗な詩句「燭を背けて共に憐む深夜の月。花を踏んで同じく惜む少年の春」は、折口の胸中に格別の情調をともなって刻みつけられていた詩句であったに相違ない。私が大森の家へ入って与えられたのは、二階の先生の居室の隣の六畳間で、押入れの襖にこの白楽天の詩が先生の字で美しく色紙に書いて、貼ってあった。この部屋は藤井春洋さん、次には加藤守雄さんが使っていた。襖にはもう一枚、「わが暮し楽しくなりぬ隣り部屋に守雄帰りて衣《キヌ》ぬぐ音す」という艶めいた色紙が貼られていた。

春洋が出征し、やがて硫黄島に配属されると、折口には身を削がれるような苦しい執着の日が続くことになる。そういう日々の経過の中で、春洋の居なくなった後の折口の情調が、一気に加藤守雄の上に雪崩のように注がれることになった。

だが、昔、大阪の今宮中学の生徒であった若い紅顔の教え子伊勢清志や鈴木金太郎、あるいは能登の海岸の古社の社家の家に生まれて、大学予科に入ると同時に折口の家に入った藤井春洋と違って、春洋のあとに折口の家に招かれた加藤は、慶應大学を卒業して広い社会体験を持ち、成熟した人間観を持っていた。

一方の折口は少年の日以来、一途に守りつづけてきた自己の愛の形を堅固に貫こうとして、揺らぐことは無かった。加藤の作品『わが師 折口信夫』の悲劇はこうして起きた。

その悲劇の緊迫は、南の孤島・硫黄島の過酷な守備に春洋が配属された日から、急速に内圧を深めていった。

「硫気ふく島」と題する一連（後出）など、その悲劇性とともに、息ぐるしいまでの官能性は、普通の親子の間の惜別の歌をはるかに越えて、肌身に迫るものがある。こういう折口の性情については、改めて書くことにして、私が戦後になって初めて見る機会にめぐりあわせた、沖縄芸能の上演について述べることにする。

戦後になって、昭和二十四、五年頃から、川崎の公民館などを会場にして、沖縄の民俗舞踊や民謡を上演する会が開かれるようになった。その中心になっているのは、渡嘉敷守良氏と、その弟子の女性児玉清子さん達であった。そのために折口の書いた文章がある。

同胞沖縄の芸能の為に

昭和二十五年八月「演劇映画」

渡嘉敷守良君が戦争中を無事でゐたことは、何にしても、琉球芸能にとつて幸であつたと思ふ。戦争前に新垣松含が亡くなり、又最幸福さうに見えて、定めて円満な晩年を遂げるだらうと思つてゐた玉城盛重老人が、国頭のどこかの村で、斃れ死んだと聞いてゐる。そんな中に、恰も琉球芸能の命脈を、この程度につゞけて行つてくれると言ふことは、芸能人にとつて、どれ程喜んでよい為事か訣らない。渡嘉敷君は正にその位置にゐる訳だから、十分その名誉と、更に大きな責任を負うてゐる事を自覚してもらひたい。渡嘉敷君は特に女踊りの達人であるが、年輩からして、老人踊りを踊つても如何にも優雅な味を示すやうになつて来た。舞や劇に優れてゐる事に、此人の才能を尊敬するよりも、まづ第一に、私などは、もつと此人の人間の優秀なのを知つてゐる。芸人らしくない、人間のよさにおいては、前にあげた二人よりも出来た人間だと思つてゐる。唯それだけに、人のよさから来る意志の弱さのあるのを、歎かずにはゐられない。あれだけ力をもちながら、まゝ自信を失ふことがあるのではないか、と言ふ気がする。又その周囲にゐる人間に対しても、もつと目を瞭《みは》る必要がある。さうした人の不心得が、渡嘉敷君の欠点として、人に写つて来る。それよりももつと惜しむことは、男子の弟子を育てるだけの意力を欠いてゐる点である。沖縄の踊りは、ちつとも女性の力に依頼することなく、永い歴史を経てゐる。女踊りにしても、女性の参加にたよることなく発達して来ただけに、その良さも、すべて男性的な点にある。女性が琉球踊りに不適当なことは尾類《ずり》の踊りを見ても訣る。守良君がその名の如く、沖縄の踊りの良質を守り遂げようとするならば、もつと男性の踊り手を養成してくれなければいけない。又沖縄の有志の方々も渡嘉敷ばかりに、芸能の苦労をさせると言ふことはない。あなた方はもとより、あなた方の子弟、及びそのほかの人々に踊りの教習を受けさす気になつてほしい。これだけは、何よりも先に気を揃へてしなければ、沖縄の踊りは亡びる、の一途を辿る外にない。あなた方に、あなた方の嫌ふことを強ひるのではないから、私は楽しい気持ちで、この提案をあなた方にする。

先づ渡嘉敷に男弟子あれ。

これが渡嘉敷君並びに沖縄同胞の方々に言ふ第一のことばである。

この沖縄芸能を励まし、たたえる文章は、美しく力のこもった文章である。あれほど徹底的な攻撃を受けた沖縄の人々が、戦後数年のうちにこれだけのすばらしい沖縄の芸能を保ち得ていて、沖縄ほどではなくても手ひどい戦災を受けた川崎や横浜の会場で見せてもらえるとは思わなかった。焼跡の残る街に蛇皮線《じゃびせん》の音がひびくと、思わず心が勇みたつのであった。

昭和十一年の玉城・新垣両優たちの芸は知らないが、渡嘉敷守良氏の組踊の芸は美しかった。当時、川崎の粗末な集合住宅に住んでいた渡嘉敷さんの所へ、先生の使いで何度か訪ねた。この引用文でもわかるように、『かぶき讃』の著者が渡嘉敷氏に伝える批評や指示は、的確であった。

一方、御主人の伊波普猷さんに先だたれた冬子さんは、先生の講義や歌会に美しい姪御さんを連れてよく出てこられるようになった。生前に普猷さんが沖縄へ帰ろうとされなかった理由も、冬子さんに関連した事柄であったようだ。

私は先生の亡くなられた後、いろんな機会やご縁があって、前後四、五回は沖縄を訪ねている。その第一回は、まだアメリカの進駐軍の統治下にある時期で、学生部の若い教員として数十人の学生を連れて行った。多くは親・兄弟が沖縄で戦死している学生である。鹿児島を夕方に発って、道の島、臥蛇《がじゃ》の島とか悪石島《あくせきじま》が次々に現れては船尾に消えてゆくのを見送りながら、明け方に那覇に着くのであった。

その夜は波が荒かった。私は心が昂揚していて、船酔いしなかったが、学生の中には苦しむ者も多かった。三日ほど滞在して、主な戦跡を巡った。ひめゆりの塔を始め、多くの戦跡はまだ、きちんとした碑もなく、コンクリートの塊や自然石が置いてあった。

灌木の茂る山の中腹に、帯状に木の葉の色の濃い部分が長くうねっていた。それを指さして案内の人が、あそこは塹壕が掘ってあった所で、爆撃や砲弾で人が多く死にました。その跡があんなふうに、木・草の茂りが色濃く際だっているのです、と話した。聞いているだけで肌がぞくぞくと粟粒だってくるような、ぞっとする思いだった。

私はこの陰惨な印象のあちこちに残っている島をめぐりながら、少しでも明るくおだやかな沖縄を胸の中で探し求めていた。第一に浮かんでくるのは、折口が昭和十年の十二月十五日から翌年一月二十三日まで、春洋と共に旅した、三度目の沖縄旅行である。第一詩集『古代感愛集』初め近くに、この旅中に作られた三篇の長詩が収められている。最初の一篇は前に引用した。第三の詩を引用する。

古びとの島

白浜のまさごの上に
波のほのくづるゝ　見れば、
　ひそかなる朝明《アサケ》なりけり
大倭《オホヤマト》　とほき我家《ワギヘ》は、
今もかも　屋内《ヤド》あけ放ち
広らなる朝の座敷の
ほの暗き畳のうへに、
　年ほぎの酒のみすとて
　家びとぞ　居並び居らむ。
我が行くや　長路《ナガヂ》大浦《オホウラ》

はろ〴〵と　汐け霞みて
しづかなり。まなこのかぎり
海阪《ウナサカ》のさ青《ヲ》　ひとすぢに
　見えわたるものゝ　むなしさ

あまさかる　辺土《ヒナ》と思へど、
あまりにも　寂《サビ》しき春か―

岸《ヘツ》就きて　崩るゝ浪―
人寰《クニツ》接きて　見ゆる巌群《イハムラ》―
　つらなりて低き荒巌《アリソ》の
巌《イハ》むらの上に　そよげる
　阿旦《アダニ》　蘇鉄　おほたにわたり

　―くさむらは　かそけかりけり

よべ寝《イ》ねし村を歩み出《デ》、
家とほくさかれる浜の

しみらなる　朝の光りに、
　ほのかなる　もの音ありて
　白浜の沙のうごきの
　　風の共《ムタ》見えつゝ　移る。

沖縄の航途中《トナカ》の海の
わたつみの伊是名《イゼナ》の島に、
旧《フル》びとは　多かりにけり。
朝目よき春の思ひは
おのづから　適《カナ》ひゆくらし―。
しづかなる土につゞきて、
青波と　曇る大空。

生き物も　生きてうごかず―、
沙のうへに　あげすてられて
独木舟《クリブネ》の　たゞ二つあり―
二つながら　空に向へり―。

遠祖《トホオヤ》の時より、
歎息《ナゲキ》することを忘れし
わたなかの伊是名《イゼナ》の島の
ふる人の心おもほゆ―。
　年《トシ》の朝明《アサケ》に

　反歌

赤花の照り　しづかなる朝なれば、　とはずや
行かむ。巫女司《ノロクモイ》の家

死神の足音を聞く時代

折口信夫は明治四十三年（一九一〇）國學院大學を卒業すると大阪に帰り、翌年から府立今宮中学の教員となり、当時三年級であった第四期生のクラスの国語と漢文を担当した。その翌年、大正元年八月には二人の生徒、伊勢清志、上道清一をつれて、伊勢・志摩・熊野を半月ほど旅した。出版されて間もない与謝野鉄幹の歌集『相聞』を携え、自分も旅中詠百七十七首をまとめて『安乗帖』と題した。

大正二年（一九一三）には、第四期生のほかに第五期生の国語科も担当するようになる。大正三年三月には、四期生の卒業と同時に職を辞し、上京する。卒業した四期生のうち、伊勢清志・鈴木金太郎・萩原雄祐等が後を慕って上京し、折口の下宿する本郷赤門前の昌平館に集まり、更に翌年は卒業した五期生も加わって、私塾のような観を持つに至る。

折口がどういう中学教師であったかということをしのばせるものがある。大正三年六・七月に、大阪の中外日報に「零時日記（I）」と題して、七回にわたって発表した毎回千字程の文章がある。第一回だけは自筆だと思われるが、その前半の部分を引用する。

信仰の価値は態度に在るので、問題即、教義や、信条の上にはないのです。わが神道、わが仏教、わが耶蘇教があるばかりで、くりすとの耶蘇教、釈迦の仏教といふ様な考へは、信仰の堕落です。

わたしは、くりすとが、「おれは嫉みの神だ。人の子をして親に叛かしめ、弟妹をして兄姉に叛かせる為に出て来た神だ」といつたあの語を、御都合風な解釈をする牧師から奪ひとつて、正面から、厳格な日本語の用語例に従つて解したいと思ひます。実際、わたしは、此語が問題を棄てゝ態度を説いたものと見て、実行に努めてゐます。日蓮には此考へが著しく現れてゐますし、あのおとなしい親鸞にさへ、驚くべき力説を見るのです。

茲に、宗教が美とおなじく、善を離れて行く処があるのだと思ひます。待て暫しなく善と即かせようとする処に、問題に堕するのです。芸術であれ、宗教であれ、行く処まで行かせれば、其処に一つの人格のうちに統合せられて来るので、善との契合も完全に望まれるのです。親鸞や日蓮が立派な詩人であり道徳家であるといふことを見れば、疑はない筈です。


折口が明治三十八年(一九〇五)に、医学を学ばせて医者にしようとする親の意に反して、國學院大學の予科に入学し、やがて宗派神道教義研究団体に参加、靖国神社の祭日にはその境内で街頭布教の演壇に立って、神道・仏教・キリスト教の布教者と入りみだれて激しい演説をしたという、その頃の面影をしのばせるような文章の気迫がある。だが、自筆は第一回だけで二回目からは、この年中学を卒業した伊勢清志が折口の口述を筆記している。

「零時日記（I）」の最終回は、七回目で日付がないが、おそらく七月二十四日前後と思われる。その全文を引用する。

機縁の熟せなかつた為に、偶然に死の面前から踵を旋《カヘ》したことが、二十八年の生を続けて来る間に、尠くとも四回はあつた。一度は木の上から堕ちて、切り株で睾丸を裂いた。幸に一箇月ばかり、小学校を休んで、静養した位のことで、癒著してしまつた。唯すこし性欲に異状のあることを感ずるだけが予後として残つた。一回は殆ど無意識に、他の二回は明らかな用意の下に、自ら生を断たうとした。前の一回は、崖が二間足らずにして柔らかな草原になつてゐたといふ不随意の障礙が、不随意の死から救ひあげてくれた。後の二回も、今から十年以前に、年を踰えないで連続して起つたのであつた。而も竟に死といふものを掴むことが出来なかつた。

それは十六の年の冬から、翌年の春にかけての出来事である。今も其時の事を思ふと、山蔭にわづかばかり残つた雪の色が、胸に沁む。さういふ谷あひの道をば、歯をがち〳〵させながら、一心に登つて行つた若い姿を、まざ〳〵と目に浮べることが出来る。暮の二十六日頃と、三月の月はじめのことであつた。薄日の影のおとろへた麓の村の、むつまじげな家々の人声を聞きながら、項垂《ウナ》れて二里にある停車場への道を急いだ後数月、突如として藤村操の死の報知を聞いて、ある黙会を感じた。

凡下の人の無分別な死の企、他人には何の同感も、あるまじきことである。けれども愛する子らの為に、今すこし書く。

伝習を重んずる旧い家で、愛情に淡白な父母の間に育つて来た自分は、気狂ひの様にはしやぐことがあるかと思ふと、友だちが運動場で騒ぐ声を遠く聞きながら、合歓の木やあかしやの梢をぢつと仰いでゐる、といつた陰鬱な半面を持つてゐた。日清戦争は死のたやすいことを、事実に示して経過した。修身書も、文学書も、累代の宗旨も、皆生を重いものとは教へなかつた。生の重大なことは、知識として授けられても、情調は死を肯定し懐しんだ。寂《ジヤク》光土《クワウド》を思ふ心が、七百年の歴史を持つて、民衆心理を支配してゐる国である。学校や社会の訓ふる所は、生に執着してはならないといふことを、国民的生活の第一信条としてゐた。けれども単純な判断も、死に結著するまでには、随分の動乱を経たのであつた。口さがない人々は、変事のある毎に、洞察者のやうな口吻で、その家の暗面を喋々した。旧家といふ誇りを有してゐる家から、一人の自殺者を出すといふことは、世間の目には重大な過程を思はせる事件として、映ずるに相違はないのである。（伊勢清志記）

博覧強記の天才の南方熊楠《みなかたくまぐす》は折口より二十歳年長だが、この中外日報の文も読んでいて、後々《のちのち》「折口は子供の頃にきんたまを怪我した男だから……」と言ったという。

「自作年譜」の上で見ても、折口が中学四年であった明治三十五年の五月、大酒を呑む医者の父が五十一歳で心臓麻痺で急逝してから、急に性格が激しくなり、課外の古典、『新古今集』や

『令義解』などを学校の図書館にこもって耽読したり、文学会の発表に毎回、自作の新体詩を朗読したり、また一方で中学生の惰弱を戒めて「変生男子」の論題で演説したりする。

当時の天王寺中学校は大阪の名門校であり、時代は日清戦争と日露戦争の間の時期である。成績の優秀な者は陸軍や海軍の専門軍人になるための学校を受験して、移ってゆく傾向の時代である。私はこの時期の少年・折口を考えるのに、いつの間にか、一方に司馬遼太郎の『坂の上の雲』を心に置いて考えていることに気づいた。そして、それと比べると自分の少年期、つまり昭和という時代の年数とほぼ同じに、年齢をかさねてきた身が、何とも言い様なく単調で、それでも周囲の者と比べると多少は時代を考えて、胸の内で鬱屈する思いを押さえ、押さえして生きたところもあったかと思う。折口もまた、昭和の時代になろうとする頃になって、『東京詠物集』の中で、次のような歌を詠んでいる。

かれも　此も
ひと時　なりけり。
軍神《グンジン》の高き頰骨《ホボネ》は、
ゐやまひを殺《ソ》ぐ

おもかげの広瀬中佐は、
よかりけり。

現《ウツ》しきものは
さびしかりけり

こんなふうに、神田須田町に立っていた、あの銅像の広瀬中佐すら、今は跡形もない。

これからは、私の戦後の体験になる。敗戦の後、妻子のある年齢の高い兵から先に帰して、残務を整理したのち九月に入って郷里に帰った。暑い夏を霞ヶ浦の松山の中で野営生活をして、体はかなり痛めつけられていたが、家には一晩寝ただけで、伊勢・志摩・熊野の旅に出た。師の第一歌集に収められている、先生の二十六歳の時の、「海やまのあひだ」の旅が、無性にしてみたかった。

闇に　声してあはれなり。志摩の海　相差《アフサ》の迫門《セト》に　盆の貝吹く
旅ごゝろ　ものなつかしも。夜まつりをつかふる浦の　人出にまじる
青うみにまかゞやく日や。とほ〴〵し　妣《ハハ》が國べゆ　舟かへるらし

関西の人間にとって、熊野というのは起死回生の聖地である。医薬の法を尽した果てに、熊野の神のご利益《りやく》を受け、熊野の湯につかれば、不治の病も癒えるという。

私はそんな格別のご利益を求めて行ったのではないが、すさんだ心に幾らかの鎮まりを得た気

がした。そして、一月ほど体を癒し、予科の頃から借りていた、自由ヶ丘の下宿にもどった。実は私はその学問や短歌にあこがれながら、何となく気おくれして、先生の指導する短歌結社「鳥船社」にまだ入っていなかった。思い切って入会して、歌会に出席した。敗戦の年の十二月の歌会だった。外地に派遣された先輩はまだ、ほとんど帰っていず、先生も疲労の色が濃かった。

昭和二十一年三月、劇作家の伊馬春部さんが復員した。伊馬さんは硫黄島で戦死した春洋さんに代って鳥船短歌会の推進役になり、私は緑ヶ丘に住む伊馬さんと下宿が近かったから、伊馬さんの連絡を受けて大森の先生の家の用をすることが多くなっていった。当時の学生の中には軍隊から解放されて東京の大学に帰ってきたけれど、戦場の殺伐をそのまま引きずっているように、階級章だけをはがした軍服や、特攻服に半長靴で教卓にあぐらをかいて教師をおどす者もいた。

折口は、この荒々しい魂を鎮めるためには、まず美しいもの、心和むものを、若者たちに与えるべきだと言った。

戦争が終って後の何年か、厳しい命を自ら絶ったり、体や心の平常を失って世を去ってゆく人が多かった。そういう時期、折口という人は実にこまかく若者に心をとどかせ、日本の良きもの、美しきものを知らしめて、殺伐とした学生の心に感動を与えることに努力した。

自分で戯曲を作って学生に演じさせたり、民謡風な「國大音頭」の歌詞を新作して歌わせたり、大阪から文楽一座を招いて大学の講堂で上演したりした。

先生の芝居では私は公家悪《くげあく》の役を演じさせられて、稽古のため上野公園の人の集まる中で、伊馬春部さんと、劇評家の戸板康二さんに台詞《せりふ》の指導を受けたりした。

文楽を上演した時は、神聖な講堂で人形芝居を上演することに、異議を感じている人があるということが伝わってきた。そういう時の折口という人の反応は、実に早くて適確なのだ。「岡野、お祭をすればいいのだ。君が神主をつとめなさい。祝詞は僕が作る」といって、傀儡《くぐつ》の神が西海からのぼり来って、この場で傀儡舞を演ずるという雄渾な祝詞を作り、豊竹山城少掾《しょうじょう》以下一座の人々の居ならぶ場で、私が神主になって祝詞を読みあげて祭をすませた。

その時に祭壇に掛けた神像の百太夫《ひゃくだゆう》は、先生がさらさらと描いたもので、今も私の家の床の間に掛けてある。

先生から「君、家《うち》へ来ないかね」と言われたのは、昭和二十二年の春休みに、帰郷の挨拶に行った時だった。それまでにも、休みの日には先生の家へ行って、手紙や随筆を口述筆記していた。帰郷して親に話すと喜んでくれたし、父の実家の伯父に知らせると、戦前に春洋さんの郷里の能登一の宮、気多神社の宮司をしていて、先生をよく知っている伯父は、大層よろこんでくれた。四月二十一日、私は先生の家に移った。

品川区大井出石町のそばには、鬱蒼と木に囲まれた泉があり、そこから一筋の川が品川の海に向かって流れ、大井出石町、大井庚塚《かのえづか》町、大井水神町などと、水脈にゆかり深い町名がつづいていた。

この家を借りて折口が住み始めたのは昭和三年十月で、清水建設の技師であった中学からの教え子の鈴木金太郎と、國學院の学生の藤井春洋が同居した。折口にとってはこの家が、終生の家となった。

戦争中は折口の身を案じて、地方への疎開をすすめてくれる人があったが、すべて断りつづけて動かなかった。金太郎と春洋と暮らした家だという思いが深かったに違いない。

戦後の二年ほどは、出石の家の留守をつとめる人が次々に変っておちつかなかったが、二十一年の歳末には矢野花子さんが大阪から来て同居し、翌年四月に私が同居して、先生の生活もおちついた。

私どもが先生の家に入るより少し前、昭和二十一年二月、雑誌『人間』に発表した詩の中に、「きずつけずあれ」がある（五二頁参照）。

だが先生はこの詩を作って三年ほど後に、亡き春洋と一緒の父子墓を作って、「もつとも苦しき／たゝかひに／最くるしみ／死にたる／むかしの陸軍中尉／折口春洋／ならびにその／父　信夫／の墓」という言葉を刻んだのは先にも書いたとおりである。

先生も春洋さんの後を追うように世を去ってから、九月三日の命日には毎年、墓前に門弟が集まって墓前祭を営んだが、その時、一番古い門弟の鈴木金太郎さんが、まだ墓碑の建てられていなかった時の先生の作詩「きずつけずあれ」を朗読する習慣をつくった。

鈴木さんの亡くなった後は、私がそのあとを継いで、朗読をつづけている。墓碑の文言も切実だが、それよりも三年前、わが子のはるか南海の孤島での死が確かになった時の、墓碑すらもない、沙山の墓のイメージの方が、この父子の墓としてはよりふさわしい思いが、私にはするのである。

事実、海に間近い沙山に建つ藤井家の墓碑は大きいが、その周辺には中世以来の墓碑すら無い、風のまにまに姿を消してゆく小さな沙の塚が多いのである。

詩篇「きずつけずあれ」はたしかに、幼時から折口の心の奥にある、悲劇的な予感を告白している詩だと私は思う。折口の心には、もっと早くから、商家の末子としての自分の運命に対する、暗い予感があった。

「養子にやられては戻され、嫁を持たされては、そりのあはぬ家庭に飽く。こんな事ばかりくり返して老い衰へ、兄のかかりうどになつて、日を送る事だらう。部屋住みのままに白髪になつて、かひ性なしのをつさん、と家のをひ・めひには、謗られることであつたらう」

これは、折口が昭和五年にまとめあげた名著『古代研究』の第三巻の「追ひ書き」に記した言葉である。

更に「これは、空想ではなかつた。まのあたり、先例がある」と言って、自分より三代前に折口家の家つきの息子として生まれながら継母と折りあいが悪く、熊野の奥へ落ちていって、寺子屋の師匠をしながらわびしく死んだ、彦次郎さんという人の運命を決して他人事とは思えない、彦次郎さんよりも、もっと役立たずの私であることはよく知っている、という意味のことを詳細に記している。

家に来て十八年、わが子のごとく親しみあって過した春洋をはるか南海の孤島で戦死させた直後の思いは、詩篇「きずつけずあれ」に、そのまま表現されているのだと思う。

今年は折口の没後満六十四年に当る。九十三歳の私に格別のことが無ければ、九月三日の命日には、また能登の砂丘の墓に詣でて、詩篇「きずつけずあれ」を読むはずである。

家の昔と、母の手紙

伊勢と大和の国境《くにざかい》に近く、大和と伊勢神宮をつなぐ街道から少しそれた山村の、人里から三キロも離れた山奥から流れ出て、伊勢の一志《いちし》平野を流れ下り、今の津市香良洲《からす》町と松阪市三雲町との間で伊勢湾に注ぎ入る雲出《くもず》川。その川の源流に近い二筋の谷川にはさまれた山の尾ともいうべき地点に、わずかな社地を見出して社殿を築き、社名を「若宮八幡神社」と称し、通称を「川上さん」とか、「若宮さん」と呼ばれて、伊勢・大和・伊賀・志摩の地方に信者の分布する神社が、私の家の祖先が神主として仕えてきた神社である。

岡野の家は、父の代までで三十四代だという。初代は中世から始まったとしても、確証となるような文書はない。また神社そのものの歴史を伝える確かな古文書もない。

その神社を世間で通称「川上さん」というのは雲出川の源流だからと考えればわかる。「若宮さん」というのは、応神天皇の皇子の仁徳天皇を祭神とするからだというのが通説だが、しかし、それよりも、奈良の春日大社の若宮信仰のように、新しく発生した威霊に対して若宮と称したと考える点も、考慮の中に残しておきたいと思う。

いずれにしても、近く藤堂家になってからは、藩主の信仰が篤く、奉納の甲冑なども残っているが、それ以前はわからない。社名を、若宮八幡というところから、祭神を八幡神の御子の仁徳天皇と磐姫《いわのひめ》皇后とするのも、少し安直な辻褄合わせのような気がする。むしろ、伝承と地理の関連から言えば、『古事記』『日本書紀』の双方に登場して、仁徳天皇と恋の争いをする、隼別皇子《はやぶさわけのみこ》と女鳥皇女《めとりのひめみこ》という悲恋の主人公二人を祭っているとするのが、地理的にも伝承的にもふさわしいと、私は胸の中では思っている。

私は小学校を卒業すると、文部省ではなく内務省管轄の、伊勢の皇學館普通科に入学して、規定通り、五年間の寮生活を続けた。授業は徹底して古典と神道・祭式・祝詞作文・歴史・国文を教えられた。中でも『古事記』『日本書紀』は専門の先生にみっちり教えこまれて、毎週小テストがあって鍛えられた。

だから、『万葉集』の「柿本人麻呂歌集」の中の古歌、

道の辺《べ》の壱志《いちし》の花の灼然《いちしろく》人みな知りぬわが恋ひづまは

なども、早くから自分流に解釈して、「灼然」は眼に焼きつくような強烈な色彩感覚だから、一志平野の田の畔《あぜ》に真赤な色で咲きつらなる、曼珠沙華の花に違いないと思っていた。やがて大和の明日香村を歩いてみて、田の畔や斜面を一面に彩る曼珠沙華を見て、一層それに相違ないと思った。そして心ひそかに、隼別皇子と女鳥皇女が仁徳天皇の眼をのがれて恋の逃避行をしたこ

とと関連づけてこの歌を考えてみたりもした。

少年の私にそんな空想を抱かせるほど、自分の祖先が三十余代にわたって仕えてきたと伝える、この山中の神社の由来は不明な点が多く、それでいながら明治二十年代の日清戦争、つづいて三十年代の日露戦争が起きると、出征したわが子の武運長久を祈って、先にあげた周辺の地方から一晩、二晩泊りがけで峠を越えて参拝し、祈願をこめる人々が急に増加するのであった。

神社から六キロ先の伊勢奥津《おきつ》という所まで、松阪発の日に数本のローカル線の二輌ほどの列車が来るようになったのは、私が小学校四年になった頃で、それまでは何処から来るにしても、幾つかの峠を越えなければならなかった。

当時は、神社のそばに何十人か泊れる参籠所があり、神主の私の家でも昔からなじみの人を泊めることもしばしばであった。

実は明治になるまでの時期、私の曽祖父の時代までは、神主の岡野の家の者も川上の村に住んでいた。まだ二十代の曽祖父は一念発起して、村から神社まで五つの谷川に架けた橋と、二つの急な坂を越えなければならぬ山道を自費で増幅改装して、やっと完成した二十八歳の時、思いがけず麻疹《はしか》に感染して世を去ったという。それからは残された曽祖母と、六歳の祖父の苦難の時期がつづく。村の家屋敷を売って、神社のそばに建てた家に移り住むとともに、幼い祖父は伊勢の御師《おし》の家へ神主修行に出たのであった。結局、村の中の家屋敷は手放して、神社のそばに移り住むことになった。今も郷里の村の日浦《ひうら》という字《あざ》には、広い良田になって、禰宜《ねぎ》屋敷の跡が残っている。

曽祖父・祖父の時代は、幕末から明治にかけての時期で、祖父が修行に出た伊勢神宮でも、明治神道への大きな変化を経たはずであった。祖父はそういう時期に、若い神主として家職を継ぎ、伊勢街道に沿った活気のある多気村の旧家から妻を迎え、やがて日清・日露の戦争があって、軍《いくさ》神としての伝統のある神社は、わが子の武運を祈る親たちの祈願の社として、平和な時の予想を越えた篤い信仰を得ていったのである。

なぜ私がこんな漠然とした言い方をするかというと、前にものべたようにこの神社にはきちんとした社史や神主家の記録が残っていない。曽祖父、祖父の時代になってからの伝承や口碑はあるけれども、それ以外の確かな記録はない。父はそれを残念がって、家に伝わる文書によって、三十五代にわたる系図を作り、大きな石に刻んで家のそばに祖先の祭碑を建てたけれども、その実証性は少ないと私は思う。途中に何代かの不明の名があって、それにただ「勘太夫」という語を当てている。

それから、明治新政府によるこの神社の社格は、明治四年（一八七一）の太政官布告の定めでは無格社であって、大・中・小の官幣社・国幣社、県・郷・村社と社格が数多く並ぶのに、村社にすら列しられていない。伊勢神宮や伊勢郷土史の研究家であった大西源一博士には、生前にお眼にかかる機会が何度かありながら、胸にわだかまる質問をお尋ねする時を得なかった。

ともかく、明治から昭和にかけての戦時の緊張の中で、あれだけ近郷の人々の篤い信仰を集めた神社が、社格の上で無格社であったというのは、何か格別の理由が伏在するはずだという気がする。

だから、村では初め村口に近い字「宮の下」に在った小祀が村社と明治四年に定められたが、それを納得しない村人の篤い希望によって、祖父の頃に若宮八幡神社の境内に移し、こちらが村社となった。それが村人の自然な感情であったのを見ても、明治初期の若宮八幡神社に対する無格社扱いは、不自然なものが感じられる。

私が少年の頃からひそかに胸に秘めてきた一つの想像を言えば、先にものべた仁徳天皇の異母兄弟の隼別皇子と天皇の間の、妻争いに由来する伝承である。記・紀ともにほぼ同じ話が記されているが、日本書紀に基づいて伝えの大要を記すと、次のようである。

仁徳天皇は磐姫皇后の亡き後、雌鳥皇女を皇后としたいと思って、異母兄弟の隼別皇子に媒酌の役を言いつけたが、すでに当人同士の間には交情が成立していて何の返事もなかった。

ある日、隼別皇子が雌鳥皇女の膝を枕にして寝ていると、皇女が「鷦鷯《さざき》と隼とどちらが捷《と》き」と問う。答えて「隼が捷し。これ、わが先《さきだ》てるところなり」という。

こういう経緯があって、身の危険を感じた隼別皇子と雌鳥皇女は、伊勢神宮をめざしてのがれようとするが、大和の宇陀《うだ》郡室生《むろう》村曽爾《そに》の山に追いこめられ、更に伊勢の一志郡、雲出川のほとりの家城《いえき》町のあたりまでのがれて、殺されたと伝える。

もう二十年近く前のことになるが、銀座を歩いていてある画廊の前を通ると、大和の写真展をやっていた。何気なく入って見てゆくうちに、一枚の大きな写真の前で体が金縛りにあった。見上げる額一面に、暗い谷あいを埋めて白じろと咲き満ちた桜は、「曽爾の山桜」と題せられていて、私には写真の作者も、雌鳥皇女の死を心に置いて写された作品に違いないと思われた。

すごい物とめぐりあったという心のときめきを押さえて、即座に求めたその写真は、今も伊豆の私の家の北向きの少し暗い感じの玄関で、おとずれる人をちょっと異様な感じにさせるような迫力をただよわせている。もっともそう感じるのは主《あるじ》の私だけで、ほとんどの客は、「大和、曽爾の山桜」と書いてあるモノクロームの写真に、何の関心もなく過ぎてゆかれる。

私もそんな幽暗な古代の連想にばかり執着しているのではない。東南の海に向かった書斎の窓の外には、植えて四十年を経た大島桜が、思いがけぬ奔放さで枝を広げて、しかも主人に似て奥手の桜で、まわりの桜がみな散りはててしまって青葉になった頃に、やっとふさふさと花を咲かせる。今年も俳人の長谷川櫂さん、評論家の三浦雅士さん等と吉野の花を見て帰ったのち、やっと咲きはじめた家の桜に心引かれながら、この原稿を書いている。

ここで少し話を変えて、母のこと、そして少年の日の私に、丹念に心をとどかせてくれた母の手紙について書いておきたい。

体の弱かった祖母がまず亡くなり、つづいて祖父も二度目の高血圧の発作を起こして五十代なかばで亡くなった時、母は津の県立高女を卒業して間もなかった。親類の少ない家だったが、親族会議を開いた結果、松阪市と伊勢市の中間のあたりの田丸という旧参宮街道に沿って、北畠氏の古い城のあった町があり、ここから程近い所の旧家河井家の二男を聟《むこ》に迎えるとようやく決まった。若い母とともに、祖父が残していった使用人を整え、古くからの信者の期待に応えられる人をというので、人生体験を踏んだ父が望まれたのであった。

結婚式は大正十二年（一九二三）の春のことだった。三十歳の父と、十九歳の若い母で、父は祖父の名をそのまま継いで、三十四代神主岡野弘賢と名乗った。

先にも述べたように、父の家は家号が「万浄寺《ばんじょうじ》」といって、男の子の一人は宗教家にせよという家訓のある家で、父の兄である長男は伊勢の皇學館を出て神宮につとめ、禰宜にまでなったのち、能登一の宮の気多《けた》大社の宮司をつとめた。そこでまだ國學院の学生であった藤井春洋を知り、その家へよく訪れた折口信夫を知ることになる。兄弟のうち父だけが、工業系に進んで技師をしていたのが、望まれて神主の家の養子に迎えられたというわけである。親身になって村びととの調和に心を配ってくれる親類も少なく、後年に父が私に話したところでは、結婚の披露が男膳・女膳・子供膳と、三日にわたってつづいて、驚かされたということだった。

結婚の翌年の七月七日、長男の私が生まれた。村の小学校での体験は前に書いた。小学校を卒業する前から、長男の私に対する父の期待は大きくて、妹や弟に対する接し方と、私に対する接し方は違っていた。時代は日清・日露の戦争の時代を終って、大正の束の間の日本の平和な軍縮の時期で、父も軍隊に取られはしたものの、輜重《しちょう》兵で将校の一歩手前の曹長だった。「輜重輸卒が兵隊ならば、蝶々《ちょうちょ》とんぼも鳥のうち」と、からかいの歌は子供でも知っていたが、山奥の小さな村では、早速在郷軍人会長に任命され、京都の連隊へ再教育のために呼び出されたり、村の青年団の軍事教練や剣道の指導に当らされたりした。

ある年は、久居《ひさい》町の軍旗祭に招かれて、帰りに何気なく乗った専用バスに、将官級の将軍ばかりが乗っていて、私は子供心に肝がつぶれるほど驚いたが、父は平然としているのが頼もしかった。

再教育で父の留守になる間は、幼いながら今は自分がこの山中の家のあるじなのだ、という気持で何となく緊張していた。それは先にも書いたように父が平素から、長男の私に対しては、次々に生まれた妹や弟とはまったく違った心構えで接したからである。

父は私が五、六歳になった頃から、社務所で参拝者に対応する時、きちんと白衣を着けて隣に座らせ、その一部始終を見ているようにさせた。参拝者の住所を聞き、神社までの経路や家族構成、願いの筋などを丁寧に、しかし不必要に立ち入り過ぎないように聞いた。それは楽しい世間話のようで、参拝者の個人的な環境や願いの筋を知る術《すべ》であったろうが、私には、生きた物語がその人自身の口から自然に流れ出すのを聞いているようで楽しかった。座敷の長い廊下の壁には、詳細な地図が貼りつけてあって、各地からの参拝者がたどってくる経路が一目でわかるようになっていて、さっきの人はここからこの峠を越え、この町で泊って来たのだと、指でたどって教えてくれた。

父から与えられるものは、楽しいことばかりではなかった。村の子のように親の労働を手伝わされることはなかったが、山中のほとんど一軒家のような、それでいてかなり外からの人の出入りの多い家や神社の安全を守ってゆくための心準備が必要であった。

村から三キロの山道は自動車も通れず、電気も電話も通じていない。日が暮れてしまうと、まったく孤立した世界になる。そのために父は紀州犬を幾匹も飼い、特に私は五、六歳の頃から、闇夜を恐れず、闇の中でも視力が働くように慣らされた。初めは提灯《ちょうちん》を持って夜道を一人で歩き、やがて照明なしで犬だけを連れて歩く訓練、さらに犬も照明もなく、森の中の神社や丸木橋を渡り奥の不動の滝の行場《ぎょうば》まで行く訓練をさせられ、獣のように夜眼が利くようになった。

これは軍隊に入ってから、大変役立った。茨城県鉾田《ほこた》の、もう飛行機が尽き果てて飛ばなくなった飛行場で、幹部候補生の教育を受けていた頃、夜の将校斥候《せっこう》ということ決まって私が責任者を命じられた。闇夜の飛行場で、方角を的確に判断できることがどれだけ有難いことか、身に沁みてわかって、改めて父に感謝したことだった。

将来やがて山中の神主となるはずの私に、こんなふうに、父は厳しい教育やしつけをしたのであった。当時の私はその真意が理解できず、弟や妹はやさしくされるだけなのに、どうして自分だけが幼いうちからこんなに厳しく鍛えられるのだろうと不満だった。

その山の家に生まれ育った母は、父の真意がわかっていたはずで、その上で厳しくする父の蔭で、私をかばったり、励ましたりしてくれた。時には、我慢できないで泣いたり抵抗したりする私をかばって、母が代りに打たれることもあった。

私の幼い頃の家には、祖父の生前からつづけて居る老婆が三人と、老僕が一人居た。祖父の元気な頃は、書家の中川愛山という人や、腕相撲の強い居候まで居たという。愛山さんは楷・行・草ともに、美しい字を書いた。今も私の家や村の旧家には、愛山さんの書いた額や看板が残っている。母は幼い頃から愛山さんにみっちりと字を教えこまれた。

私が小学校に通う頃から、次第に満州事変などが起きて、神社に息子の武運長久を祈る人々がふえはじめた。年ごとに息子の武運を祈って、鳥居を奉納する親がふえて、村へ通じる参道は、トンネルのように鳥居が立ちならんだ。その鳥居に、奉納者の住所・姓名と、武運長久とか家内安全とか、願いの筋を書き入れてゆくのが、手数のかかる作業だった。それがすべて母の役割で、父はその頃に計画し始めた、新社殿造営のための設計図を考えて作図するのはお手のものだったが、鳥居の丸木の肌に墨汁で大きな字を書くのは、字のうまい母にまかせ切りだった。脚立《きゃたつ》にのぼっている母に、下から墨壺をさし出すのは私の役で、年の暮れの迫った寒い日に、野外での作業をつづけるのはつらかった。でも、母の手もとを見上げながら、じっと息をつめていると、母と一つになって仕事をしているのだという実感が、楽しくて結構充実した時間だった。

やがて私が皇學館普通科に進むと、母は毎週かならず封書で、家族や神社、村の様子、さらには家をめぐる山の季節の変化まで、こまかく書いて送ってくれるようになった。全寮制の中学校だから、一年生・二年生は上級生のために務めなければならぬ事が一杯あって、今まで家で暖かく過していた者ほど、忍従の生活に耐えねばならなかった。

そういう日々の中で、家族の動静や、私が世話を担当していた飼犬の様子まで、こまやかに記した上で、今週は松阪の菓子を別便で送らせたから、などと書いてあると、さらに期待がふくらむのであった。

当時、皇學館の館長であった平田貫一先生は九州出身だったから、普通科の先生にも九州の人が多かった。寮の舎監で剣道や体育を教えた坂上直士先生が、毎週私宛にくる母の封書を手に取って、「岡野のお父さんは達筆じゃのう。毎週お手紙がくるではないか」とおっしゃった。「いえ、これは母の手紙なんです」と言うと、「これがお母さんの字か、しっかりした字で、やさしいお母さんじゃのう」とほめられた。

私はその時、小学校三年生で体験した一つの事件のことを思い出していた。梅雨の頃で運動場に出ることもできず、休みの時間を皆、教室や廊下で過していた。私は廊下の窓際に立って、裏山に降りしきる雨をほおっと眺めていた。突然、背後から廊下を疾走してきて私に激突した者が居て、私は窓枠に顔面を激しく打ちつけ、眉毛の上の骨のあたりが切れ、左眼から顔面にかけてひどく出血して顔をおおったまま立ちつくしていた。すぐ先生が駈けつけて、応急の手当をした後、車で隣の村の外科医へ連れてゆかれ、三針ほど縫った。

学校へもどると、ぶっつかったのは一年上の四年生の男児で、友達とふざけあっていて逃げた勢いのまま、窓際で外を見ていた私の背に激突したのだと言った。その子の父親も呼ばれていて、これから担任の先生に連れられて、私の家へおわびに行くと言う。麻酔が切れて痛むのに耐え、自動車も入らない山道を小一時間、先生と加害者の子と親と私と四人で帰った。父は血のにじんだ額の包帯を見て険しい顔になったが、黙ったまま先生の説明を聞き、親子の謝りの言葉を聞いたのち、立ち上がって母を呼び、「帰ってもらいなさい」と一言言った。

その夜は一晩、私は家に入れてもらえなかった。母がどんなに言葉を尽しても父の怒りは解けなかった。「男が謂《いわ》れもなく眉間《みけん》に一生傷をつけられて、おめおめと三キロの道を一緒に帰ってくる、そのお前の性根《しょうね》が情けない。なぜ、あの橋の上から、その男を川につき落して敵《かたき》を討たない」。

その日、私は玄関の前の敷石の上に夜通し立ったまま、夜を明かす覚悟を決めた。母だけが、毛布で私を包んで、抱くようにして夜明けを待った。

翌朝、しらじら明けの頃、私は急に立ち上がって、鴨居に掛けてある刀をかかえて、「今から敵を切り殺してくる」と走り出した。追いかけて来た父は、刀を取りあげ、「その覚悟を一生忘れるでないぞ」と言った。

私の額の傷は、今でも左の眉の中に、まぎれもない一生傷として残っていて、眉の薄くなる老いとともに、少しずつ眼につきやすくなっている。大学を出た私は親よりも師に心を引かれて、親の家、親の家職を、親の意にそむいて継ぐことができなかった。

九十歳を過ぎたここ二、三年、父母の晩年の思いが、今までと違った切なさで胸にしみる思いがする。しかし、その思いを一番わが心にかなう形に結晶させて、心ゆくまで表現できるのは、師から与えられた歌の力、短歌の表現あってこそだということも、身に沁みてわかっているのである。

日本人の神

昭和二十四年（一九四九）、四月十六日と十八日の二度にわたり、柳田國男と折口信夫は、雑誌『民族学研究』の要請で長く密度の濃い対談を行った。司会は民族学者石田英一郎である。同誌はこの年の二月、「日本民族・文化の源流と日本国家の形成」というテーマで、岡正雄・八幡一郎・江上波夫・石田英一郎による特集を行っている。そういう気運が民俗学の上にも及んで、柳田・折口の対談が企画されることになったのであろう。

二日にわたる対談は、やがて昭和二十四年十二月の『民族学研究』に、「日本人の神と霊魂の観念そのほか」という題で、更に二度目は二十五年二月の同誌に「民俗学から民族学へ」という題で発表された。

私は当時まだ学生であったが、二十二年四月から折口の家に入り、家族同様にして師の身辺の用をつとめ、講義や講演にも従って行ったから、この二度の対談も民俗学研究所の一隅で、緊張しながら両先生の話にひたすら耳を傾けたのであった。

当時は三笠宮も日本の古代学研究にご熱心で、柳田先生が「君らもご陪聴させていただきなさい」といって、紹介なさったことを記憶している。

二つの対談について、『民族学研究』に発表されたものを読み返しながら、私の心によみがえる思いを記してみようと思う。

まず、第一回目の「日本人の神と霊魂の観念そのほか」と題せられた対談である。冒頭に司会の石田英一郎氏が、今回の対談を計画した意図を語っている。

それによると、従来、民族学的な研究というものは、どちらかというと、日本の外から見た研究に重点が置かれている。それに対して今回は日本民族の内奥から研究を進めてきた日本民俗学との関連をより深くして、日本人の当面の問題、また未来の問題に正しい回答を与えたい。更には、柳田・折口両氏の学問の重点の置き方の差違などについても検討していただいて、日本民俗学の本質的な立場からの希望をお示し願いたい、というようなことが述べられた。

そして実際のお二人の討論は、司会者の意図した通り、それぞれの学問の特色や要点がよく示された、緻密で時には激しい論が展開されることになった。

当時、私は折口先生の家に住みこんで、その口述を原稿にしたり、選歌の手伝いをするようになって三年目のことだった。柳田先生とかなり長い時間にわたっての対談ということで、討論のテーマも重要な事柄がずらりと並んでいた。ただし、私は文字通りの戦中派であって、二人の先生の深い討論の内容がどれほど理解できるか、まったく心もとない気持で一杯だった。討論の目安としてあげられている項目を記しておく。

（1）稲の文化と日本の統治民族
（2）南へのつながり
（3）マレビト信仰のこと
（4）タマとカミとムスビ
（5）主神・客神・統御神・末社
（6）モおよびモノについて
（7）祖霊と神
（8）神話について
（9）村と氏神
（10）文芸について
（11）衣食住について

この項目は、おそらく石田氏がかねてから両先生の考えを聞きたいと思っておられた事を主にして、充実した論の期待できる事柄が選ばれているのであろう。その中から、（3）のマレビト信仰のことに関する質疑応答の一部を引用してみよう。

石田　折口先生の何時かの御講演の中に、柳田先生の学問は、「日本の神の発見」といふものに出発されて、それが何といゝますか、いはば先生の学問を一貫したライトモティーフといつたやうなものをなしてゐるといふ意味のお話を承つたことがあるのでありまして――かういふ見方を致しますのは、或は柳田先生御自身ではこれに異議があつて、この席でもそれを承れるかと思ふのでありますが――私ども先生の学問をいろ〳〵勉強してをります者にとつては、さういふ表現をされた折口先生の見方に、また非常に面白くひきつけられるものがあるからであります。（以下略）

柳田　固有信仰は今まで比較的捨てられてゐた問題で、一番分りにくい問題でもある。そこに注意を向けたといふことについて、わたしはそれほどにも思はないけれども、皆さんがさう考へられてゐるならば、本懐の至りであります。ではいゝ機会だから折口君のマレビトといふことについて、一つ研究してみたいと思ひます。あなたも研究してゐる。私も書かれたものを注意して来てゐるが、私の学問の面にはさうはつきりしたものが出て来ない。意見が違ふから触れずにおいてもいゝが、いゝ機会だから、あなたがマレビトといふことに到達した道筋みたいなものを、考へてみようぢやありませんか。これはかなり大きな問題と思ひますから。

折口　殆ど書く必要に迫られなければ書いたことがありませんから、動機はさう濃厚なものではございません。どんなところから出てきたかよく覚えませんが、まあさういつた発表の中では、マレビトのことは割合に確かなやうに思ひます。何故日本人は旅をしたか、あんな障碍の多い時代の道を歩いて、旅をどうして続けていつたかといふやうなところから、これはどうしても神の教へを伝播するもの、神々になつて歩くものでなければ旅は出来ない、といふやうなところからはじまつてゐるのだと思ひます。

柳田　それは私などの今まで気のつかなかつたところだ。常世神《トコヨ》が一番はじめですが、仏教以前の外教宣伝者のことが幸ひに同時代の文献には出てゐます。常世神は、あの時はたしか駿河国でしたね。あの記録以外にも、旅人が信仰を以て入つて行つたといふやうなことがあるでせうか。

折口　いま急にどれかといふことを思ひ出さうとすると、不自然なことになりさうですが、いくつもさういふ歴史上の類型を考へて、考へあぐねた頃のことだつたと思ひます。台湾の『蕃族調査報告書』あれを見ました。それが散乱してゐた私の考へを綜合させた原因になつたと思ひます。村がだん〳〵移動していく。それを各詳細に言ひ伝へてゐる村々の話。また宗教的な自覚者があちらこちら歩いてゐる。どうしても、我々には、精神異常の甚しいものとしか思はれないのですが、それらが不思議にさうした部落から部落へ渡つて歩くことが認められてゐる。かういふ事実が、日本の国の早期の旅行にある暗示を与へてくれました。

柳田　私もあの『蕃族調査報告書』は本当に注意して読んだのですけれども、あの中でも一番不思議に思ひ、且つ沖縄の研究でも面白いと思つた問題は、台湾の東海岸でも沖縄でもマヤの神と呼んでゐる神だ。それが沖縄の方では定期的に遠くから来ることだ。これには宣教みたいなものがない。たゞこゝにゐる巫《みこ》が感じて、ニラヤカナヤから人が来ると感じる。それが季節的に期待せられてゐる。暦と関係のある問題のやうですが、どうして島だけにこの信仰が強く残つたかは、実は私にはまだ説明が出来ないのです。

折口　私の昔の考へでは、同じマレビトといひましても、あゝいふ風に琉球的なものばかりでなく、時を決めずにさすらひながら来るものがあつたやうですね。今はつきり覚えてゐませんが、中には、具体的にいふと、日本の村々でいふ村八分みたいな刑罰によつて、追放せられた者、さういふ人たちも、漂浪して他の部落に這入つて行く……。

柳田　旅人か何か分らない不時の出現。

折口　私はさう思つてをりました。旅を続けて不可解な径路を辿つて、この村へ来た。それが既に神秘な感じを持たせる外に、その出現の時期だとか、状態だとか服装だとかいろいろな神聖観を促す条件がある。それよりも大きなことは、それが齎《もたら》す消極的な効果――災害の方面、そんな事が、ストレンジヤアとしての資格を認めさせたものと思はれます。この強力な障碍力が部落の内外にゐる霊物の為の脅威に転用せられるやうになつて来る――これを日本的に整理せられた民俗の上で見ると、ホカヒビトの原形を思はしめてゐる。他郷人を同時に、他界人と感じた部落居住者の心理といふものを思ふやうになつて行つたのだと記憶してゐます。

柳田　不思議なことには、今日の沖縄にはそれが少いやうですね。

折口　先生の「婚姻の話」を読んで思ひ出しましたが、あの中のズリの話、ズリの中には、これがあつたのだといふ先生のお話……。

柳田　沖縄本島にもあつたかも知れない。所謂うかれ人の中には、今の言葉でなら物狂ひのやうな形で、人の心を動かして歩いてゐたことは、旧日本の方には痕跡があります。つまり土地の割には人が多くなり過ぎるといふことが一つの原因で、幾分か後の時代ぢやあないかと思ふ。最初日本人が日本群島に来るまで、必ずしも百人に一人、二百人に一人、さういふ者が出て歩くといふ昔からの習はしでなくて、具体的に言へば或る一つの社会変調が起つて後にはじめて起るべき現象ぢやあなかつたでせうか。

折口　スサノヲノミコトの言ひ伝へのやうに、もつと古い時代を考へてもよいのではありませんか。村の信仰と信仰を一つにすることの出来ないやうな者が追出されていく。追出されていつても、信仰を以て次の部落へと通つて行くといふやうなことが、第二期的には、あつたのではありませんか。気違ひのやうなものを、他の部落において誤認する。さういふ種類のことがあつたと思はれます。

石田　折口先生、マレビトの中には祖霊とか祖先神とかいふ観念は含まれて居りませうか。

折口　それは一番整頓した形で、最初とも途中とも決定出来ませんが、日本人は第一次と見たいでせうな――。常世国なる死の島、常世の国に集るのが、祖先の霊魂で、そこにいけば、男と女と、各一種類の霊魂に帰してしまひ、簡単になつてしまふ。それが個々の家の祖先といふやうなことでなく、単に村の祖先として戻つてくる。それを、さうは考へながら、家々へ来る時に、その家での祖霊を考へる。盆の聖霊でも、正月の年神でも、同じ事です。その点では、近代までも、古い形が存してゐるのでせう。私はどこまでも、マレビト一つ〳〵に個性ある祖先を眺めません。分割して考へるのは、家々の人の勝手でせう。だが家々そのものが、古いほど、さう幾つも〳〵なかつたわけだから。

柳田　常世から来たとみるか、または鉢たゝきの七兵衛と見るか、受け方だけの事情ではなかつたらうか。

折口　さういへば簡単な中国風のものになつて、老妣二位といつた形になるから、大した特殊性は見えなくなります。沖縄は大体みなさうでございますね。家の中の「神アシアゲ」にある位牌の位置など、ともかく中国式に妥協する因子があつたのですね。日本ではさうは行つてゐない。後ほど、分解的になつて、家々の祖先の中、更に近代までの男女を別々に列立させて考へて来た。

柳田　私の想像してゐるのでは、家々の一族といふものが自分の祖先を祀り、自分の神様をもつてゐるのならば、その間に先づもつて優勝劣敗みたいなものがあつて、隣りの神様はみなの願望に能く応じられるが、こつちの神様にはその力がいさゝか弱いから少しくあつちの方を拝むといふやうな風があつて、それから stranger-god（客神）の信用は少しづゝ発生しかゝつてゐたのではなからうか。即ちはじめに自分々々の神様をもつてゐる時代があつて、それが交際縁組等によつてやゝ相互に交渉が出来てきて、優れた神ならば他所の神様でも、客神でも祀つてもいゝ、といふ風になつたとみることが出来ないでせうか。

折口　先生のお考へ——さういふ見方は、私にとつては、はじめてで。その考へ方によつて、考へ直してみませう。

柳田　私の知つてゐる限りでは、折口君は沖縄に行かれて大きな印象を受けて来られた。しかしマレビトの考へはそれより前だから、やはりご自分の古典研究、古典の直覚から来たものとしかみない。私からみると自分の神様が十分な力を発揮せられないから、少しづゝ隣りの神にも願ふやうになつたこと、それが追々と儒教や仏教を入れた始めではないか。近所で度々試験をしてみて、水を祈るには家の神様より隣りの神様の方がきく、といふ比較をするものがあつたのではないかと思ふ。

長い引用になったが、以上が二日にわたった両先生の対談のうち、初日の十一項目のうちの三番目、「マレビト信仰」のほぼ全容である。せっかく折口博士の文学と学問にあこがれて、一年浪人してまで國學院に入ったのに、予科二年のうちの一年間と学部一年を豊川海軍工廠と軍隊で過して、復員して大学にもどり、幸にも先生の膝下で直接に教えを受けるようになって三年目に体験したのが、この座談会であった。柳田先生のお宅へは折口先生につれられて二、三度うかがっていたが、こんなにじっくりとその話を聴くのは初めてであった。戦後、折口先生は新しく「神道概論」という講座を開いて、亡くなるまで続けた。

この座談会を現場で傍聴させてもらって、お二人の話の節々で、それぞれのすぐれた資質と感性のするどさが、随所に感じられて、私はただ呆然として聞き入っていただけだったというのが、正直な思いである。

折口が亡くなった昭和二十八年、それを記念するようにして、角川書店から雑誌『短歌』が創刊された。その創刊号（昭和二十九年一月号）に「和歌の未来といふことなど」という、柳田の折口への追悼文が収められている。その最後の部分を引用する。

折口君ほどの素質をもつて、あれだけの熱情を古文学の上に傾けたにしても、誰でも同じ境地に達し得るかどうかはまだ少し心もとない。といふわけはあの人は大きな旅行をして居る。私も出あるくのがもとは得意だつたが、身のまはりの事情が丸でちがひ、第一に本当の一人旅といふことが少なかつた。折口君の通つたのは海山のあひだ、三度の南方旅行はまだ同行者もあつたが、信州から遠江への早い頃の旅などは、聴いても身が縮むやうなつらい寂しい難行の連続であつた。壱岐の巡覧は私などへの約束もあつて、やゝ精細な記録を残して居るが、東北方面の何度かの長旅などは、そこをどう越えたのかも私は覚えて居ない。歌はすぐれたものが幾つとなく伝はつて居るが、それが生れて出るまでの心の置き所、何を考へつゝあるいて居たかといふまでは、日記があつたにしても恐らくは書き留められて居るまい。

ところが、私は折口先生の家に入ってその直後から、まとまった時間があると必ず机に向かいあって、『万葉集』『古今集』『新古今集』の秀歌について、語釈・口語訳・鑑賞を口述してもらい、やがてこれが『日本古代抒情詩集』として河出書房から出版された。

それに続いて、自分の歌集『海やまのあひだ』、さらに『春のことぶれ』の歌について、精細な先生自身の自註を口述してもらって、私が筆記する仕事が始まり、先生の亡くなるまで続いた。これは『折口信夫全集』に「自歌自註」として収められているが、私にとってはこの上なく有難い勉強になった。

迢空の第一歌集『海やまのあひだ』の大正十年（一九二一）の作に「夜」という連作がある。下伊那の奥、矢矧《やはぎ》川に沿った家三軒の小さな在所に一人の老人が住んでいる。夜昼なく川原に出て、川原の石に仏の姿を感受して独り狂おしいまでに拝んでいる。その翁を主題にして、迢空は十三首の短歌を詠む。その後半部に次のような作品がある。

うづ波のもなか　穿《ウ》けたり。見る〳〵に　青蓮華《シヤウレングヱ》のはな　咲き出づるらし
水底《ミナソコ》に、うつそみの面わ　沈透《シヅ》き見ゆ。来む世も、我の　寂しくあらむ

私を前に座らせてこの一連の歌の心を説いている迢空が、そのまま作中の老人であって、私にその胸の底をつぶつぶと語っているような気がしてくる。迢空は言う。「ぢつと淵の面を見てゐると、水の底から見えるものとして、現実現身のわが顔が、水の底から透いて見える。このわが顔は、いかにも幸福ではない。宗教生活に背いたものではないが、救ひがたき寂しさをもった顔が水の底に見える」。

口述筆記は夕食後から深夜におよぶことが多い。祖父と孫の年齢差の先生と私が、ひたすら短歌の表現に心を集めて、一首一首の作品の奥の世界を、私は先生に噛んで含めるように解き聞かされていたのであった。私にとって至福の時であった。

もう一つ例をあげよう。先にも触れたことのある大正十二年の「供養塔」という一連五首の作で、短い詞書がある。詞書と歌三首を引用する。

供養塔
数多い馬塚の中に、ま新しい馬頭観音の石塔婆の立つてゐるのは、あはれである。又殆、峠毎に、旅死《ジ》にの墓がある。中には、業病の姿を家から隠して、死ぬるまでの旅に出た人のなどもある。

人も　馬も　道ゆきつかれ死にゝけり。旅寝かさなるほどの　かそけさ
道に死ぬる馬は、仏となりにけり。行きとゞまらむ旅ならなくに
邑《ムラ》山の松の木《コ》むらに、日はあたり　ひそけきかもよ。旅びとの墓

三句で重く深い切れ目がある前の二首は、そこから、読む者の心に深く沁みとおるように、深い内省の心が湧き出してくる感じがする。
折口信夫の旅は、師の柳田が言う通り、つらい、難行の旅であったと言えよう。

師の六十四年祭を終って

二〇一七年は折口信夫の没後、六十四年である。例年の通り、九十歳を幾つか越えてしまった老いの身を励まして、九月二日の早朝に独り暮しの伊豆の家を出て、石川県羽咋《はくい》市に向かい、二日の藤井家での前夜祭、三日の墓前祭、つづいて羽咋公民館での記念講演を終って、四日の夜に帰宅した。老いの疲れは後を引く。まだ身の凝りの残っているのを、むしろ心の支えとして、この文章を書いている。

最初に、能登の師の墓に向かう車中で思い出していたことの一つを述べる。折口全集の年譜、昭和十八年（一九四三）四月二十三日の条に、「靖国神社合祀祭に参列。夕刻、参列の感想が放送される」という記事があり、更に全集の三十三巻には、その放送を記録した文章がある。

それは、新しくおこった戦に戦死した兵士の魂を、靖国神社に新しい祭神として合祀する厳かな夜の行事で、折口の文章は「招魂の御儀を拝して」という題である。天皇がみずから出御なさって営まれる鎮魂の御儀だといえよう。その文章の冒頭を引用する。

大君は神にしませば　ますらをのたまをよばひて　神とし給ふ
まのあたり　神は過ぎさせ給へども、言《コト》どひがたき現身《ウツソミ》われは

昨晩は、ちやうど陰暦十八日頃の宵闇で、招魂式の始る頃までは、暗うございました。庭燎《ニハビ》が七時に焚きかけられて明りがさして参ります。其上に哨戒機が頭の上遥かに飛んで居ります。それを、探照燈が幾筋も寄り合つて照らしてをると言ふ風に、如何にも昨晩の気持ちにふさはしい様子でございました。（中略）

さうして愈《イヨイヨ》招魂式がとり行はれることになりました。遥かな野山或は海川の間に、花橘の珠のやうに過ぎられたたましひのひろがつて居るのを呼び迎へて、こゝに明らかに浄いみたまとして、本社の中に、斎《イハ》ひ込め申しあげると言ふ、野山・海川の間から、御魂を招《ヲ》ぎ迎へる、この招魂法を以て、此度迎へられたみたまは、凡三年近い年月を経た御魂が、今や完全に神様におなりになつた。現在の信仰では、凡此だけの時を経れば、神となられるものと、信ぜられてゐる訣《ワケ》です。

靖国神社といえば、國學院大學の学生時代の折口が、宮井鐘次郎の神風会という神道鼓吹の布教団体に入り、殊に本荘幽蘭という女性らと、情熱的な演説を行った次第が、最近の安藤礼二氏の著作『折口信夫』の中に、今まで知られていたよりも更に詳細に記されている。当時の靖国神社の祭日の日は、現在よりはるかに活況のある状態で、神道・仏教・キリスト教などの布教団体が、競いあって布教活動をしたのであった。

私は何十年か前から、主として御遺族から靖国神社の大祭に詠進されてくる献詠歌の選者の一人として、選歌と、入選歌の批評につとめているが、靖国の遺族の方の歌には、やはり他の神社に寄せられる歌とは一際違った思いの篤さが、感じられるのは事実である。だが、昭和天皇の深い配慮を無視した松平宮司の独断があって、以後、天皇の御親拝の無くなったことが残念である。折口先生は靖国神社に鎮まるみ魂のために、何首かの鎮魂歌を詠んでいる。私が先生のそばに居るようになってからでも、靖国神社から乞われて、次の一首を詠んで奉納した。

人おほくかへらざりけり。海やまにみちてきこえし　こゑもかそけし

昭和二十五年頃のことだったと思う。私が墨を磨《す》って色紙を選ぶと、先生はすらすらとこの歌を散らし書きした。最後の署名が楷書ではあったが「沼」の一字だったから、これは筆ならしなんだと思って、すぐ「いただきます」といって頂戴した。先生は神社に奉納するとか、柳田先生にさしあげる場合の署名はいつも、楷書で「釋沼空」と書いた。

後年、靖国神社でその短冊の所在を問うと、どこにも無いということだった。「沼」一字のあの色紙をいただいておいてよかった、と思った。そうでないと、この一首が世に残らないことになってしまう。この歌は、あの大きく無惨な戦が終り、日本民族がいまだ体験したことのない多くの死の悲劇を、国の内外で体験した重い歎きの歌である。そういう深い祈りをこめてお社に奉

納した歌が、行方知れずになることが、私には不思議である。

話は本題にもどって、今回は昭和二十七年、七月五日から九月一日まで過した間に、軽井沢の愛宕山の貸別荘で完成させた二つの論文のうち、『古典の新研究』第一輯（角川書店）に所収の、「民族史観における他界観念」について書く。

この年は先生の六十六歳、亡くなる前年のことである。夏の休みを例年の箱根をやめて軽井沢にこもったのは、気持を新しくして、この論文ともう一つ、国語学の論文、「さうや　さかいに」を書きあげるという予定があったからだ。先生は戦後、國學院で「神道概論」という講義を新しく講じつづけた。この「民族史観における他界観念」を口述筆記していて、その講義の中でとりあげられた問題だな、と思うことが時にあった。

この論文は折口信夫という、日本人の信仰、霊的なものへの深いつながりについて考えつづけてきた人が、未曾有の戦争による深刻な内的刺戟を受けて、何とかして心の秩序を立て直そうと、多様な筋道をたどりたどりしている、苦渋の論として、心に迫ってくるのが感じられる。

たとえば全集二十巻の三〇頁の中ほどに、「荒ぶるみ霊」という六番目の見出しがある。

霊魂と言ひ、聖霊《シヤウリヤウ》と言ひ、怨霊と言ひ、亡霊と言ひ、語は安易で、誤りもないやうに見えるが、何としても、混乱し易いものと見えて、我々に残されてゐる霊類の知識は、頗混乱して来てゐる。霊（タマ）と言つて、幸福な内容を感じることは、古代にも、常にさうだつたとは言へなかつた。つまりたまと言ふ語が既に早く分化して、霊の暴威・歪曲せられた霊の作用にも通じてゐた。其で、極めて古くは、悪霊及び悪霊の動揺によつて、著しく邪悪の偏向を示すものを、「もの」と言つた。万葉などは、端的に「鬼」即「もの」の宛て字にしてゐた位である。その「もの」の持つ内容の殆すべてが、「たま」と言ふ語の中に入つて来た。此混乱に気がついて、区別を立てようとした所から、殊に悪質で人格的な方面を発揮する癖のあるものを、りやう或はりやうけ（霊気）と音を用ゐて言ふことが多くなつた。

こうした、実例をぴたり、ぴたり、とあげてよどみなく説いてゆく先生の頭脳に、私は感動しながら、心を集中して筆記していた。中学での教え子で、後に東大を出て天文学者になった萩原雄祐博士が、「折口先生の文法の講義が実に面白く楽しかった」と言ったのも、青年時代に小田原に住む天王寺中学の同級生であった武田祐吉をたずねて、『万葉集』の口語訳をすすめられ、たちどころに三十首ほどを口語訳してみせたというのも、なるほどと思われる。箱根の山荘には多少の本も置いてあったが、軽井沢へは書物、辞書の類は何も持って行かなかった。口述はすべて宙《そら》ですすめられたのだった。

ただ、先生の健康はあまりすぐれなかった。愛宕山の中腹の鬱蒼と茂った雑木林で、繁みを透かしてくる光は薄暗かった。私は自転車を借りておいて買物に出かけたが、先生はあまり散歩なさることもなかった。その夏に詠まれた歌をあげる。

(1) 夏ごろも　黒く長々著装《きよそ》ひて、しづけきをみな　行きとほりけり

(2) かそかなる幻―昼をすぎにけり。髪にふれつゝ　低きもの音

(3) 青草の生ひひろごれる　林間を思ひ来て、ひとり脚をくみたり

(4) しづかなる弥撒《ミサ》のをはりに　あがる声―。青空出でゝ　明るき石原《イシ》

(5) 山深く　ねむり覚め来る夜の背肉《ソジヽ》―。冷えてそゝれる　巌の立ち膚

(6) あめりかの子ども　泣きやめ居たりけり。木の葉明るき　下谷《シタダニ》の小屋

(7) かくの如　たくはへ薄く過ぎゆける我を　憎まむ族《ウカラ》　思ほゆ

(8) 空高く　とよもし過ぐる土《ツチ》風の、赤き濁りを、頬に触りにけり

(9) ひと夏を過さむ思ひ　かそかにて、乏しく並ぶ。煮たきの器

(10) 山中に過さむ夏の　日長さの、はや堪へがたく　なり来たるらし

(11) 山道《ヤマ》の中撓《ダヲ》れせるあたりより、若き記憶の山に　入り行く

(12) 曇る日の　空際《ソラギハ》ゆ降る物音や―。木の葉に似つゝ　しかもかそけき

(13) 貪りて世のあやぶさを思はざる大根うりを　呼びて叱りぬ

(14) まさをなる林の中は　海の如。さまよふ蝶は　せむすべもなし

(15) 降りしむる　大き　木の股。近々と　親鳥一つ巣に彳《タ》てり。見ゆ

(16) 辿りつゝ　足は沿ひゆく冷やかさ。濡れて横ほる石の構造

(17) 夜の空の目馴れし闇も、ほのかなる光りを持ちて　我をあらしめ

こうして書き写していると、六十数年前に先生と二人で、深い森に沈んで居るような光の乏しさと、静かさの中を、喪服のような黒い装いで、教会へゆく物静かな外国の婦人たちや、時々道に出てきてひっそりと独りでつぶやきながら遊んでいた、ユタちゃんという三つの女の子のことが思い出される。(7)の歌の次にはもう一首、大阪の姪・甥を歌った「ともしきは、心ほがらに在りがたし。十一人を　姪甥に持つ」という歌があって、その姪甥たちに分けてやれる金が、少しは残るだろうかというのが、先生の気がかりなことの一つだった。私が先生の家へ入った時、通帳を渡されて会計をまかされた。二つの大学で教授をしていられて、預金通帳の残額は四十万足らずしか残っていなかった。今と貨幣価値が違うけれど、それにしても少なすぎた。私の前には二十年近くも先生の家の家計を守ってこられた藤井春洋さんは几帳面な人だった。書庫の入口には二十冊の家計簿が並んでいた。藤井さんを育てたのは、今宮中学で先生が教え、蔵前高等工業に学んだ清水建設の技師で、四十になるまで先生と生活を共にした鈴木金太郎さんである。一年に一度は清水建設のOB会に大阪から出てきて、大森の家に一晩泊り、先生の家の在るべき暮し方を教えてもらった。

そして、昭和二十八年九月三日、先生が永眠された後、鈴木さんは半年ほど大森の家に私ども残された者と一緒にとどまって、先生が住んだ家の一切の物の処理に努力された。

そういうことをあれこれと考え合せながら、先生没後六十四年のわが心の拠るべきところを考えていると、「民族史観における他界観念」のような、広い視野の息長い見通しよりも、もっと身を焼きつくされるように苛烈な言葉が聞きたいような思いがしきりにする。

その思いのままに、敗戦直後の折口信夫の詩、二篇を引いて、今回の稿を終ることとする。

天つ恋

——すさのを断章

何にかく　心さわだつ——。
恋びとを見れば　たのしな——。
然《シカ》はあれど　焦躁《イラナ》さつのり
面火照《オモホデ》り——怒るに似たり。
　脣《クチ》かわき　人に恥ぢつゝ
　而もなほ　畏るゝごとし。

かゝはりなく　その言ふことの
委曲《ツブツブ》に聴けばよろしき——。
ものがたる処女《ヲトメ》の背向《ソガヒ》
おのづから　眶《マブチ》濡れつゝ

静かなる思ひの湧くは―、
さわやけき　真清水の如
あはれ　我　人をほふりぬ―
むしろ　我　恋を戮《ツク》しぬ―。
恋びとは憎しといへど、
わが酬《ムク》い　君をころしき。
散る花の冴えざえしづむ
ほの白き　処女のむくろ―

青雲の向臥《ムカブ》すきはみ
高天《タカマ》が原とほく霽れつゝ、
今ぞ竟《ヲ》ふる―恋の贖《アガナ》ひ。
天つ恋　雲と消えぬれ―
我が裔《スヱ》の千五百《チイホ》子孫《ウマゴ》に
現界《ウツシヨ》の身を　ゆすり来る
国つ恋あれ

愉悦

わが心　日に幾たびか　拷問《シヲリ》に苦しみ、
わが心　日に幾たびか　号泣す――。

いにしへの俘囚《メシウド》の如《ゴト》
我が仰ぐは、たゞ方尺《ハウシャク》の牕――。

時に　青空の片端《カタハシ》の　隠見《インケン》するありて、
愉悦と　郷愁とを　極度ならしむ――。

わが心　童《ワラハ》さびして、かの人を思ひき――。
わが心　母恋ふる如　かの乳房を思ひき――。

悦べば、物を毀《ヤブ》り　散乱し、剰へ　彼人を打ちしか――。
わが恋は　人の　慍《オモホデ》怒り哮《タケ》ぶに似つ。

我つひに　この囚屋《ヒトヤ》にくだりて、

虔《ツヽ》ましき思ひに充てる　時を経たり—。
こゝにして　初めて知りぬ—。
惻々として　心を潰《ツヒヤ》す恋の…

悔恨に似て　深く　さびしく、
悲しさの　たゞちに　たぬしきを—。

この時ぞ、大空の蒼き瞳《マミ》　我が上に来たりて、
わが心を　静かにす—。

のどかにして　輝ける満地の花—。
限りなき幻想を　朧の空に開きて—、

今しは　心穏《オダ》しき俘囚《メシウド》の、
再　鞭の下《シタ》に呻吟《ニヨ》ふこと　なくなりしより—

跼《カヾマ》りて寝たるかひな　其《ソ》が上に置ける額《ヌカ》

蒼白く　膨脹《フクダ》み痩せて、

日は　膚《ハダ》は　時々の印象を追慕し、
柔《ヤハ》らなる渾身《コンシン》を　形づくらむとす―。

わが心　日に幾たびか　独り　笑《ヱ》み
わが心　日に幾たびか　空虚《ウツケ》笑ひす―

師と親の恩愛

かなしい村

私はこの話を書こうとして、ここ十日余り毎日、苦渋の時を過している。少年の日に突然に体験して、親にも言わず、大学に入ってのち七年間、その膝下にあって同じ家で心の訓育を受けた折口信夫先生にも、ついに語ることができず、秘めつづけた話である。いま、九十代なかばに至って、体力も気力も衰えた中で、やっと意を決して書き出してみたものの、書いていて何度も断念したり、書き方を変えてみたりした。けれど、書く以上は、物語めいたものになどしないで、率直に私の体験として、告白するほかに術《すべ》はなかった。祈りのような心をこめて書く、少年の日のつらい思いである。

私は大正十三年（一九二四）の七月七日、三重県と奈良県の接するあたりの、山村に生まれた。村からは二キロほど離れた雲出川の源流に、仁徳天皇を祭神とする若宮八幡神社というお社があって、伊勢・志摩・伊賀・大和の村々から、山坂を越えて参拝して来る人々があった。殊に戦争が始まると武運の守り神として、日清・日露そして昭和の世の戦が拡大してゆくにつれて、参拝者は多くなっていった。

昭和六年（一九三一）四月、村の小学校に入学した私は、村まで二キロの山道を通学することになったが、昼間も鬱蒼《うつそう》とした杉林の中を、荷車が通るのがせいぜいの細い道をたどって独りで毎日かよった。帰り道は運がよいと、神社に参拝する人と連れだつことができる。お年寄りが多くて、いろいろ話しかけられて、受け答えしているうちに、家に着いてしまうことが多かった。従って、子供ながら大人との会話によって得た世間智と、年輩の人に対する敬意は心得ていて、子供にしては珍らしいような会話を交していたのだろうと思う。

家へ帰ると、幼い妹や弟と遊んでも、あまり面白くないから、親が東京の出版社から直接に購入してくれた少年向きの本ばかりを読んでいた。文藝春秋社から出版された『小学生全集』は内容も多様で、中でも外国の神話や物語は、配本を待ちかねて一日で読みあげてしまうのが常だった。

小学校の五年生になった時、五・六年の二学年が合併になっている教室に附属した物置の一隅に、小さな本箱が置かれていて、中に『白柳秀湖集《しらやなぎしゆうこ》』という本が何冊か並んでいるのを見つけた。小さな村の小学校は、当時、夜は村の青年学校の教室として使われていた。おそらく、読書好きの青年が、自宅にその本箱の中の図書を置くことに支障を感じて、そっと運んできて隠しておいたものではないかと推測された。

試みにその一冊を放課後、教室に居残って読みはじめてみると、意外に心を引きつけられた。

地方の村の生活・風俗・習慣について、実地に即して具体的に、時に筆者の特色ある批評を加えて記述したもので、読むうちに自然に心引かれた。

一口に言えば、それは日本の村の生活に注目し、古い習俗を調べて、その固陋《ころう》な面を批判した本である。具体的に調査した内容についてその旧風を情熱をこめて批判しているのが、子供心にも新鮮で、大人の学問的な書でありながら、実際の村の事実にもとづいて述べてあるのが、私の幼い探究心を刺戟したのだったと思う。つまり、単に古い村の風俗・習慣を興味本位に集めた本ということではなくて、一つの意図のあることが感じられた。

その年はまた、あの二・二六事件のあった年で、小学生の私などまで、今までと変った緊張感を抱かないではいられない時であった。村の子供達はラジオや大人の話から、東京で大きな事件が起きているのだということを感じ、私なども将来の自分の運命と国家について、漠然とした不安のようなものを感じた、最初であったと思う。

私は子供ながら神経をいらだたせて、夜、遅くまで眠れなくなり、家の遠縁に当る老医師の診察を受けると、「この子は神経衰弱を病んでいる」ということで、大層苦い薬を続けて呑まされている時だった。五年生にもなって、時々、尿意を感じているのに目がさめず、寝小便をした。そのことを、村から来て神社のそばで土産物を売っている爺さんが、私の家の使用人から聞いて、村の隣人に話したらしい。

私の小学校の同級生は、男子が四人、女子が九人で、女子の方が優勢だった。ある日の昼休みに、早く食事を終った二、三人が教室の隅で、ちらちらと私の方を見ながらひそひそ話をして、笑っている。近づいてゆくと、神社のそばで土産物を売っている口の軽い爺さんの家の隣の女の子が、「弘彦さん、昨夜《ゆうべ》おねしょしたんやて」と、わざとうそぶいて憎らしい口をきいた。途端に怒りが胸に衝《つ》きあがってきて、反射的に「お前の姉さん、何しとるんじゃい」と、その少女の心を最も残酷に痛めつける、禁句のことばを言い返してしまったのだった。

その反応はすさまじかった。何とも言いようのない悲痛な絶叫を残して、女の子は裸足のまま校門を走り出して行った。その家は、学校から比較的近い距離にあった。

私はしばらく考えたが、すぐその子の後を追って道を歩いて行った。私の胸の中では、『白柳秀湖集』の中で読んだ、娘を大きな都会の女郎屋に売らなければならなかった親や家族の心の深い悲哀が、いま現実となって私の心を責めつづけていた。

山深い村で、広い山を持つ山主から造林を請け負って、杉材になる苗を植え付け、丹念な下草刈り、枝切り、間伐《かんばつ》など手間のかかる作業を何十年かくり返し、やっと美しい杉に育てあげる山人の仕事や、雑木山の木材を炭に焼いて、山々を移動しながら生計を計る炭焼仕事は、労多くて丹念な努力を要する、利の薄い仕事であった。

殊に、女の子ばかりが続いて生まれた家などでは、都会の色町へ娘を身売りさせなければ家族を養ってゆけない家があった。私が追いかけて行った同級生の家もそうだった。暗く狭い土間の奥に、祖母・母・姉・本人と、女家族ばかりが、とろとろと心細く燃える竈《かまど》の火を囲んでうずくまっていた。

実は私は小学校の一年生の頃から、父の言いつけで、信者の要望に従って、そのひたすらな願いを神に祈る祝詞を奏上することがあった。それがこの当時では、出征する部隊が多くなり、無心な幼い私が奏上する、息子のための武運長久祈願の祝詞をよろこぶ老人が、日を追って段々と多くなっていた。女の子の家が近づくにつれて私は、祝詞をとなえるような気持で、あの決して口に出してはならぬ言葉が私の口から出た時の気持を、素直に言おうとした。それまで静かに黙っていたお婆さんが、「よろしおす。あんたさんのおっしゃりたいこと、言うとおくれやす」と言った。

私は土間の暗さに救われたような思いの中で、ここまで来る間に考えてきた言葉を、精一杯の思いをこめて言った。

私が体を病んでいて、深夜の眠りの中で尿意を抑え切れずに布団を汚したことを、同級生の女の子の前で話題にされたくやしさを、率直に話した後、「それだからと言って、私のしたことを決して正しいとは思っていません。言ってはならないことを言いました。ごめんなさい。二度とこんなことは申しません」と言うと、お婆さんも「あなたの言いはること、ようわかりました。村の中には、あんたはんの思いはった気持とは違うて、あざ笑うように陰口しゃはる人もいやはります。それもいたしかたございません。私どもは身から出た銹《さび》と思うて、忍んでゆく思いで居ります。あんまりお気になさらないで、あなた様もお体を大切になさいませ」と言ってくれた。

私はその言葉を聞いて、気持が鎮まって、まだ昼休みの終っていない教室にもどった。私はこの話を、親にも先生にも話さなかった。同級生の他の女の子はその発端の場に居合せたわけだが、後に話題にすることもなかった。

ただ、それから何十年か過ぎて私の四、五十歳の頃、近鉄のコマーシャル放送で「真珠の小箱」という、近鉄沿線の歴史や地理を探訪する短篇番組に何度か出演した。その一つに、岡野が久しぶりで故郷に帰るという企画があって、郷里に帰ってきた私を、村に住む二人の小学校の同級生の女性が村の入口の川上橋の袂《たもと》で待ち受けていて、当時を回想しながら村を巡るという、胸が熱くなるようなストーリーであった。

その時はもう、小学校は廃校になっていたが、校庭も校舎もそのままで、そぞろ懐旧の思いに引き入れられる時を体験したのであった。

あの日、自責と怒りの思いを胸に鎮めながら、女の子の後を追って行った道は昔のままで、その一家のその後について聞くこともしなかった。ただ、私以外の男子の同級生は三人とも、戦死したり病死したりして、この世の人ではなかった。

父の工夫と改革

大正十二年(一九二三)の春、祖父も祖母も亡くなって女学校を出たばかりの一人娘の母の家へ、養子として迎えられたのは、工業学校を出て伊勢の宮川の奥のセメント工場で、三十歳まで技師をしていた父だった。

父は養子になって、三十四代の神主となったのだが、技術系の特技を生かして、私の小学生の頃から神社の改築を考え始め、自分で設計図を何枚も書きあげて、私が皇學館大学の普通科四年生の昭和十六年(一九四一)、自分の理想とする神明造《しんめいづくり》の新社殿を完成させ、私を助務として、新社殿への遷宮の儀の一切を修了したのだった。父の心に寄り添って、祖先以来の祭神に仕えた時期として、私にとっては忘れ難いなつかしい記憶である。その思いは父母にとっても同じであったはずだ。

父は神主としての情熱を注いだが、その一方で理系の合理的な考え方も緻密であった。私の記憶にある若い日の父は、机一杯に方眼紙を広げて、将来、改築しようとする神社の設計を工夫している姿である。その方眼紙の束は次第に厚くなっていって、本殿・拝殿・絵馬殿・手水舎《ちょうずや》・参籠殿《さんろう》・社務所などに及び、中学生になった私の前にそれを広げて、詳細に説明してくれるようになった。おかげで私は、文系には珍らしく、設計図に親しむ習慣を身につけることができた。父の思い描く、理想の社殿を私なりに空想して、具体的な話や質問のできるのは、普通の読書とは一味違った楽しみの発見であった。

父の発明で秀逸なのは、「敵倍のお守り」である。つやつやと銀色に光るステンレスの、適当に厚みのある剣先形のお守りを思いつき、常に敵に倍する力を与えて下さる、有難いお守りだといって、「敵倍の守り」と名づけて売り出した。これは、戦場に子を送り出す親の心に、強い信頼感を与え、たちまち評判になった。父の傍に座っていると、中には軽い思いつきで、「敵が三倍も五倍も来たらどうしますのや」と言う人がある。父は得《え》たり応《おう》という感じで、「三倍来ようと、五倍来ようと、いつでもその倍の力がいただけます。これはもう万能《ばんのう》というべきですなぁ」といって澄ましている。そのうちに、敵弾が胸に当ったけれども、金属のお守りによって安全に身を守ることができたという体験が、新聞記事になったりした。

父は文字についても、極めて合理的に考えていて、正確に読み分けられればそれで良いのだと割り切っていた。一方、母は幼い頃から、祖父が家に居候《いそうろう》させていた中川愛山という書家に教えられて、美しい字を書いた。

戦争が激しくなると、出征兵士の安全を祈願して、鳥居を奉納する人が多くなり、村までの参道にびっしりと鳥居がトンネルのように立ち並んだ。脚立にのぼって鳥居の字を書く母に、墨壺を下からさし出すのは私の役で、歳末の近づく寒くて多忙な時期に、指のつめたさを耐えながら単調な仕事をつづけてゆくのは、忍耐の要ることだった。

だが、わが人生の終りに近い九十代のなかばに至って、しずかに考えてみると、あの戦争のさ中の、私が皇學館大学の普通科を卒業しようとする昭和十六年、十七年こそ、両親と私にとって一番しっくりと心の通いあった時期で、私は父のあとを継いで三十五代目の神主になるはずだと思い、両親もまたそれを当然のことと信じて過していたのだったと思う。

そのことの確証とも言えるのは、昭和十六年の春に行われた、郷里の神社の新しい社殿の完成と、遷宮祭である。父があの分厚い設計図の束で案を練りあげた結果が、建築として完成して、新社殿に祭神のみ魂《たま》が遷座されることになったのは、その年、私が普通科四年生の時である。春の修学旅行の一週間、関東地方の神社を巡拝する期間に遷宮を行って、私が父を手伝えるように計らい、大学の諒解を得たのは、父の慎重な計画の結果である。

私は関東旅行が全部、失われるのはいささか淋しかったが、父の念願であることはわかっていたから、その意に従って、皇學館の祭式教室で三年間じっくりと、教えこまれた成果を生かし、父を助けて遷宮の儀を無事につとめた。何よりも皇學館の生徒として、神宮の御遷宮の式次第を実習していたことが心のより所となって、おごそかな絹垣《きんがい》の中で重い御霊代《みたましろ》を父と二人でかかえてお移し申す儀も、障りなく進めることができた。あの薄明の中のおごそかな時間こそ、父の魂により添って、私の魂も同じ鼓動を打っていた、かけがえのない時間だったと思うのである。

世襲の家の神主の心の継承とは、こういうものかと、身に沁みて思った。その思いは、この後の数年、戦局がきびしくなって、私も軍隊の一員となり、空襲下の東京で軍用列車を焼かれたり、茨城県鉾田《ほこた》に移動して飛行機の飛ばなくなった飛行場で、グラマンの襲撃を受けた時にも、胸の奥によみがえって、私の心を支えた。

折口先生の箱根下山

あれほど深く、宿命的な縁《えにし》と思い沁みていた父母のもとに、折口先生が亡くなられた後、何故、私は帰らなかったのだろう。私自身にも容易に説明のできない問題である。

昭和二十五年（一九五〇）、柳田・折口両先生に従って伊勢・大和・大阪へ一週間ほどの旅をした時に、山田市の宿まで出てきた父を見て、柳田先生は「折口君、早く岡野君をあのお父さんに返してあげなければいけません」とおっしゃった。折口先生の顔が微妙に翳《かげ》った。そして大阪まで出た日、「せっかくここまで来たのだから、ちょっと家へ帰っておいで」と言われた。そんなことは予定になかったのだが、柳田先生の言葉があるから、私は素直に家に帰って二晩だけ泊って東京へ帰った。

松阪まで送ってきた父と歩いていて、無意識に「先生」と父に呼びかけているのに自分で気づいて、思わずひやりとした。

夕方六時頃に松阪を出る夜行列車は、朝六時頃に品川に着く。大森の先生の家に着くと、脇門のくぐり戸の錠が先生の手で外してあってすぐ開いた。硫黄島に配属されたと知って、急いで養子縁組の手つづきを整えた（藤井）春洋さんとの間は、二十年も続いたのだから格別だが、折口先生が「家《うち》へおいで」というのは、ちょっと泊って行けというのとは違うのである。少なくとも、まず歌の伝授が真剣勝負になる。結局、折口門下の歌人と言えば、春洋さんと私の二人になってしまったのも、偶然のなりゆきなのではなかった。

先生の家に入ってから六年間、私に毎夜、毎夜、向かいあって口述筆記させられたものの内容を考えても、決してなりゆきだけの偶然ではないことが、歴然としている。

最初の間は、気軽な手紙の口述から始まって、やがて少年の頃の大阪の実家や中学生になっての大和や河内《かわち》への旅の随想的な文章の口述筆記、更に「万葉・古今・新古今」三つの歌集の、秀歌のゆきとどいた口語訳・語釈・鑑賞・批評など、そのまま私など初心の者にも研究と実作の血や肉となるような内容の口述筆記で、やがて『日本古代抒情詩集』という書名で河出書房から出版された。先生と向かいあって、私の手もとを見ながら口述して下さる内容は、実に新鮮で、古典でありながらそのまま実作の刺戟になる魅力があった。

その後、先生の口述は更に自分の歌集の中の歌について、その創作動機や意図、作者の深い心の底に秘められた思いの解明や、同時代の歌人との比較、古典の和歌との深い関連にまでおよんで、筆記している私も思わず書きながら内容に引き入れられて、手もとがおろそかになってしまう時があった。そして、先生の第一歌集『海やまのあひだ』を終り、第二歌集『春のことぶれ』に入って間もなく先生の死によって中絶してしまった。

先生の自作短歌についての自註は、茂吉の自作に対する自註と違っていて、詳細でねばっこい。歌に対する執着の深さが歴然としている。

最後の年（昭和二十八年）の夏はしかし、その先生でも体力・気力の衰えは眼に見えて激しくなっていった。箱根の山荘で静養していた八月十五日には、

いまははた　老いかゞまりて、誰よりもかれよりも　低き　しはぶきをする
かくひとり老いかゞまりて、ひとのみな憎む日はやく　到りけるかも

といった、さびしさの極みのような歌を詠まれるようになり、歌の下には、僧形の老人が、なかば布団から身を起こして、思い沈んでいる姿が描かれていた。

それでも先生は、決して箱根を下りて体を治療しようとは言われなかった。入浴と、好きな食べ物は、朝夕の二食、少量口に入れ、好きなビールを一杯呑まれる程度で、鈴木金太郎と春洋と、三人で相談して建てたこの家を離れることはしない、と言い通していられた。

二十七日、朝、温泉に浸《つか》って顔だけ出していられる先生の髭を剃った。箱根の山荘での入浴もこれが最後になった。

翌二十八日、伊馬さんが来て下山の準備を整え、二十九日、角川源義さんの車が迎えに来て下山することになった。その車の運転手が山形県の人だと聞いて、先生は「雪しろの　はるかに来たる川上を　見つゝおもへり。齋藤茂吉」という歌を色紙に書いて、「角川君に取られなさんなよ」といって運転手に渡された。

それまで拒否していられた山を下る決心がようやく定まって、心が明るくなっていられるのだな、と私は思った。然し帰りの車中で、初めて左側腹部の激しい疼痛感を訴えられ、東京への到着をしきりに急がれたのだった。

最晩年の詩作

昭和十八年（一九四三）七月、雑誌『芸能』に発表した、「招魂の御儀を拝して」という折口の文章を先に紹介した（二〇五頁〜）。大東亜戦争の初期の段階で戦死した人々の魂を、靖国神社に合祀するための招魂の儀に初めて招かれて参列した、感動を記した文章である。いま一度、重複を除いて引用する。

（前略）私は地方の古い社々の夜の御祭りに、もつと夜ふけてからも、度々参加さして戴いて居りますので、その深厳な、尊い夜の記憶が心にいろいろと泛《うか》んで参ります。此お式に列なられた、遺族の方々の感激は非常であつただらう、と想像せられるのでありました。

私は、さう言ふ方々の莚の上にゐられるあたりを、まだ薄明りの中に、あちこち歩いて見ました。さうして到る処に、吾々が旅行して、野山の長い道を歩いて居る、さう言ふ時に、磯ばたで出会ふ人々、或は山の崖道で行きあふ人々、ある時は、畑の中で出くはす、さう言ふ風な、姿や顔の方を見かけました。さう言ふ郷土の気持ちのまゝの方々を見まして、実になつかしく思ひました。語《ことば》をかけて、遠路わざ〳〵いらつしやつた事を犒《ねぎら》ひたいと言ふ気のするのをおさへることが出来かねるほどで、誠に何とも申されぬ、しめやかな気持ちで、御祭りの初まるのを待つてをりました。（中略）私が招魂の御式を拝するのは、実は今度が初めてでしたから、靖国神社の此儀に関した知識は、私に殆《ほとんど》なかつたのです。其だけに、感銘も深く、存じがけないお姿を拝したことでもあります。

ここまでで、「招魂の御儀を拝して」の文章の最初から、三分の一である。戦争は広域に拡大し、多くの戦死者を出している。その死者のみ魂を天皇がみずから出御《しゅつぎょ》あそばして、靖国神社に鎮め祭ろうとなさるのである。折口は以前から靖国神社から乞われて、英霊の鎮魂の歌を作り、信時潔《のぶときかよし》氏の作曲で歌われていたが、今回のように直接その祭儀に招かれるのは初めてであった。思いのほどが察せられる。

そして折口の胸中には当然、國學院大學予科生の頃から現在まで、同じ家にずっと住んで、今は大学の予科教授であり、陸軍少尉でもある藤井春洋のことが、気がかりな思いで去来していたに相違ない。

私は当時、國學院大學の予科一年生で、藤井教授から『伊勢物語』の講義と、短歌実作の指導を受けていたのだが、一学期の授業が終り、夏休みに郷里の家に帰り、秋になって大学にもどってみると、教務課の前に「藤井春洋教授、再度の召集を受けて入隊のため以後、休講」という掲示が出ていた。

それ以前にも、春洋は郷里の金沢の連隊に召集されて、老練な将校として初年兵の教育にあたり、しばらく解放されて大学にもどってはまた召集され、最後には、南海の孤島硫黄島の守備につくに至った。
頼りにする者の居なくなった折口の東京での生活を心配して、地方への疎開をすすめてくれる人々の誘いが度々あったが、折口は戦争の終るまでついに東京を離れることは無かった。春洋を思って自身を厳しい境遇に置くことを貫いたのであった。

春洋出づ

老いづけば、人を頼みて暮すなり。たゝかひ　国をゆすれる時に
ひとり居て　朝ゆふべに苦しまむ時の到るを　暫し思はじ
さびしくて　人にかたらふ言のはの　ひたぶるなるは、自《みづか》らも知る
いとほしきものを　いくさにやりて後《のち》、しみ〴〵知りぬ。深き　聖旨《みむね》を

硫気ふく島

たゝかひのたゞ中にして、
我がために書きし　消息
あはれ　たゞ一ひらのふみ―

かずならぬ身と　な思ほし――
如何ならむ時をも堪へて
生きつゝもいませ　とぞ祈る――

きさらぎのはつかの空の　月ふかし。まだ生きて子はたゝかふらむか
洋《ワタ》なかの島にたつ子を　ま愛《ガナ》しみ、我は撫でたり。大きかしらを
たゝかひの島に向ふと　ひそかなる思ひをもりて、親子ねむりぬ
かたくなに　子を愛《メ》で痴《シ》れて、みどり子の如くするなり。歩兵士官を
大君の伴の荒夫の髄《スネ》こぶら　つかみ摩《ナ》でつゝ　涕ながれぬ

こういう哀切な作品を作りながら、折口はいま自分が処するべき行動についての、思い定めた方法を的確に処置していった。大学予科一年の時に折口の家に入って、それから二十年以上、家をととのえ、折口の意に従ってその生活と研究を助け、今は南の離島の硫黄島でひたすら敵の来襲に備えて、戦の準備をしている春洋を、養子にする決意を定めたのである。
その手続きのために必要な二人の保証人には、敬愛する師の柳田國男と、今宮中学以来の教え子で、四十を過ぎるまで折口と生活を共にし、予科生の春洋に折口の家の守るべき生活律を教えた鈴木金太郎に頼んだ。私が先生の家に入って後も、清水建設の京都支店長の鈴木さんは、会議で上京する度に先生の家に泊って、私の相談を受けて下さった。折口の箱根仙石原の山荘を設計

したのも、先生の亡くなった後は、大井出石町の家の書物を整理して家主に家を返すまで同居して、指図して下さったのも鈴木さんだった。鈴木さんこそ、折口先生にとって生涯の伴侶というにふさわしい人だったと思う。先生亡き後も、折口博士記念古代研究所や、『折口信夫全集』に関する問題について、私の思案に余る時は、鈴木さんに相談していた。先生が若い頃から、地方へ調査に出かけて旅費に困ると、東京の留守宅へ連絡して要費を算段して送ってもらっていた人だけに、判断は的確だった。東京の國學院や慶應の古い門弟も、鈴木さんには一歩譲っていた。その鈴木さんが先生の亡くなった大切な時に、社用で二日ほど遅れてこられた。その間に遺体は茶毘《だび》に付されていた。鈴木さんがそっと私にささやかれた。「残念だったなー。あれだけ優れた頭脳を持った人なんだから、頭脳の詳細などもきちんと調べてもらって、記録に残しておきたかったな」と。そう言えば、確かに先生の頭は大きく、先生のハンチングを私がかぶると、眼がかくれるほどだった。そこまで心のとどかなかったのが、私も残念だった。

書庫の隅には、春洋さんが鈴木さんの躾《しつけ》で毎年つけていた部厚い家計簿が、きっちり二十冊並んでいた。私も家計簿はつけていたが、春洋さんほど緻密ではなかった。

おさらいをすると、先生の家は春洋さんが居なくなった後、おちついて居つく人がなく、交替が頻繁だった。昭和二十一年十二月に、関西から矢野花子さんが来て、同居する。矢野さんは私の母と同年で、歌人で歌集が二冊あり、書も絵も巧みで、京都大学の澤瀉久孝博士の研究室につとめていた人である。軍隊から解放された私は、しばらく静養したのち、二十二年四月、学部二年になって先生の家に入った。それまでも休日には先生の家へ行って、口述筆記をしたり、庭木の伐りすぎたのを薪にして風呂をわかしたりしていた。その頃からやっと、先生の家もおちつきを取りもどしたのである。春洋さんより一年下級生だった劇作家の伊馬春部さんが、時間を作っては立ち寄って下さったが、平常は六十一歳の先生と矢野さんと私と三人家族のような感じであった。ただ、世間の家庭と違っているのは、先生ひとりが格段の主《あるじ》で、しかも生涯の独身の人であるということだ。春洋さんと先生の年齢なら、ちょうど親子の差だが、先生と私とでは祖父と孫という感じで、それが自然にしっくりとしていたと思う。

私は今年(二〇一八年)で九十四歳となり、外を歩くのには杖がないと何となく頼りない気持がするから、杖を離さないでいる。先生は脚が達者だったが、神経痛があって、夜は例の「押せば命の泉湧く」の指圧師浪越徳治郎氏の所へ私が三月ほど通っておぼえた手圧術を一時間ほど先生の全身に施すと、途中からすやすやと眠ってしまわれる。これが灸や注射薬よりも良さそうなので、毎晩行っていた。その頃の先生は週四日の國學院と慶應での講義、日本学術会議の議事や講演など多忙だった。

二十八年の夏、日本学術会議の終る頃を見計らって上野へ迎えに行くと、「堀辰雄さんが亡くなったんだよ。時間があるから、博物館を見て行こう」と先生に誘われて、見に行った。先生は中国古代の貴人の墓に副葬された俑《よう》(人形《ひとがた》)の並んでいるのを、しばらく静かに見入っていて、間もなく帰宅した。その夜、先生は、堀さんを悼む一篇の詩を作り、更に葬儀の場で読む、弔辞のための詩を作った。

（昭和二十八年七月「群像」）

堀君の訃

堀君の訃を聞いた　その午前—。
私は　ほの暗い博物館の廊下に
—茫として立つて居た。

漢・魏・晋・唐代の副葬品
数多い陶俑《タウヨウ》に見入つてゐる私を—
　咎める気で、いつぱいになつて居た。
友人の最後の息をひきとつた日に、
古代支那の墳墓のかをりを吸つてゐる私—。

　さうして其が喪《モ》の第一日を過すもつとも適切な為方のやうに　考へてゐる私—。
古《フル》塚の墓土偶《ハカニンギヤウ》の　深い眠りに比べると、私の友人は、つい今し方、静かな夢を　見はじめた
ばかりなのだ—。

あゝまだ聞えるらしい。幽かな寝息。

弔　辞

　　このさゝやきが、はるかなあなたの
　　心に達することを信じて

既に病人であつた堀君が　四季を編輯し、
その雑誌の一投稿家としての
私の、たのしい日々が—そこにあつた。
其頃の気もちを追想すると、
ひたすらに堀君を尊敬した
弟子の一人だつたことは、確かだ。
その後、堀君の友だちのJさんに
　この気持が、告げたくなつた。

Jさんは、私を非難するやうに、
堀が、詩を何篇かいているか、ごぞんじ—
いや　知りません。
　そんな—弟子の詩人といふのが　ありますか

言はれてみると、さうだ。
師匠の数篇きりない詩をすら、
　読み知つてゐない弟子などが――
　存在してよい、訣はない。

しかし私は今、から言ひたい心で　いつぱいだ――。
ねえ、Jさん、人が、人の弟子であることを誇つてゐる時に
もしあなたなら、
君は、僕の弟子なんかぢやないよ。
さうお言ひになるでせうか。
堀君にすら、弟子だよといふことを認められないでしまつた私です。
　其を　あなたはも一度、明白に否認しようとなさつた。
Jさん　Jさん――私のしんからの抗議です。

堀君も、遠い世界の耳をそばだてて、聴いてゐて下さい。

Jさんとは、堀さんの親友の神西《じんざい》清氏である。この後、折口は堀さんの遺著の出版などに関し

て、神西さんと話しあうことが多くなった。

折口の最後の歌集は『倭をぐな』、すなわち古代の「やまとたける」を継いだ命名である。南海の孤島硫黄島の守備について、ほとんど全員が壮烈な死をとげた運命を、古代の英雄の死にかさねて歌った……というよりは、彼らの戦いを身にまざまざと感じて歌った作品が、おのずから古代の「やまとたける」の死を読む者の心によみがえらせる、という感じの作品である。歌集の順を追って、その作品を引用する。

たゝかひに果てし我が子の　目を盲《シ》ひて　若《モ》し還り来《コ》ば、かなしからまし

次の代《ヨ》に残さむすべてを失ひし　我が晩年《イリマヘ》は、もの思ひなし

たゝかひに果てし我が子を　かへせとぞ　言ふべき時と　なりやしぬらむ

戦ひにはてしわが子と　対《（ムカ）》ひ居し夢さめて後《ノチ》、身じろぎもせず

これらの歌は、戦を生きて帰ってふたたび師のそばで暮らせるようになった、私の心に沁みついて残っている。そして、師の没年の昭和二十八年の春、人々に鮮烈な印象を与えた作品が、当時の中堅歌人との競作の形で、文芸雑誌『新潮』に発表された。一人に二頁ずつのスペースで、作品を示した作者の中に、齋藤茂吉の名は無く、中堅歌人ともいうべき宮柊二、近藤芳美といった人たちの時代に移りつつあることを感じさせた。

戦後の第二芸術論の批判の中で、短歌の現在における真価を問おうとして、珍しく文芸誌が企てた編集企画であった。
その特集に、迢空は次の作品を登場させた。

嬢子塋《ヲトメバカ》

すぎこしのいはひの夜更け、ひし〳〵と畳に踏みぬ。母の踝《クルブシ》
父母の家にかへりて被《カツ》く衣《キヌ》　つゞり刺したり。父母の如

をとめありき。野毛の山に家ありて、山を家として、日々出で遊びき。血を吐きて臥し、つひに父母のふる国に還ることなかりき。稀々は、外人墓地の片隅に、其石ぶみを見ることありき。いしぶみは、いと小さくてありき。さて後、天火人火頻りに臻《イタ》りし横浜の丘に、亡ぶることなく、をとめの墓は残りき

たゞ暫し　まどろみ覚むるかそけさは、若きその日の悲しみの如
青芝に　白き躑躅の散りまじり　時過ぎしかな。こゝに思へば
山ぎはの外人墓地は、青空に茜匂へり。のぼり来ぬれば
くれなゐの　野樝《シドミ》の花のこぼれしを　人に語らば、かなしみなむか
日本の浪の音する　静かなる日に　あひしよと　言ひけるものを

我つひに遂げざりしかな。青空は、夕かげ深き　大海の色
赤々と　はためき光る大き旗—。山下町《ヤマシタチャウ》の空は　昏るれど
ひろ〳〵と荒草立てる叢に　入り来てまどふ。時たちにけり

私が戦後、師の家に入って生活するようになった昭和二十年代、横浜の港の見える丘公園から、外人墓地の脇の坂を下って元町へ出る道は、先生の好きなコースで、ゆっくりと日本離れした風景を楽しみながら、墓地に歩み寄って刻まれた言葉に見入ったりして、墓地脇の細道をたどってくるのだった。

殊に当時は、丘の上の家はみな、進駐軍の高級将校の住宅に接収されていて、静かなピアノの音が道に流れてきた。そういう町並の奥まった所に、小ぢんまりとした教会があった。先生はそのそばを通りながら、「われわれは何となく、さ迷えるユダヤ人という感じだね」とつぶやいたりした。

ところが、作品の方はそうすらすらとはできなかった。先生は「もう一度、独りで横浜へ行ってくる」といって、出かけて行かれた。そうしてできたのが、この作品だった。

他の、より若い歌人の作と共に『新潮』にこの作品が発表されると、「嬢子塋」の持つ作品としての広がりと深さ、叙事と抒情のひびきあいの中に生まれる、交響の力が、読む者の心をとらえて、歌人以外の短歌に厳しい批評家にも好評だった。何よりも、外人墓地の傍らに墓地番人のように住む、謎めいた薄幸の少女。そして一連の後半で唐突に現れる、「我つひに遂げざりしか

な……」という一人称の、不思議なインパクト。

その頃は私も、短歌に対しての積極的な情熱が、先生のそばで明け暮れを共にして、刺戟され始めていたから、詞書を途中に挿入して、新しい歌物語の形を意図したこの連作の広がりと力量に感じ入ったことを忘れない。

この文章の初めの方で引用した、硫黄島の春洋を歌った「硫気ふく島」のような、濡れぬれとした、深い抒情の流露を眼前に見ていると、まだまだ先生の心性は老いてなどいないと思うのだった。

やはりこの頃、「正法眼蔵《しょうぼうげんぞう》」という題で、道元さんを歌った口語詩を幾つも作っている。そのうちの一つ。

嘘（二）

ついでに　まう一つ――
乞食雲水の発する
　洒落を聞いてくれ。

女が一人
道元の道に　追ひすがつて来た。

道元の中には、凡百《ボンビヤク》の禅の経験が馳せめぐつた。
面くらつた道元には、判断も何もなかつた。
唯丸木橋伝ひに　逃げた　逃げた。

女は丸木の一端を引きあげて、
橋は唯　棒になつて、ひつくり返つた。
可愛さうな道元房が
野川の泥たんぼの中から、這ひ上つた時―

女はたのしさうな声をあげて
ひつ返して行つてゐた。

其に眼がとまつた時、
「ようし」と太い声が出た。
大きな石を握つて
女のお尻をめがけてぶちつけた。
　あゝ　いかれた―
道元は、この一挙に

いろんなものをふり落した。
赤いべゞを着た女の印象を―。
其女たちを憎悪する心を―。
ついでに房主だといふことの見えを―

道元さんは　丸木橋を元のとほりにわたして、引つ返して来た。
さうして、いよ〳〵女が見えなくなつたのを確めて、満足した。

そして、最後の歌集『倭をぐな』の末尾には、「遺稿」として、五十首近い、それこそ最晩年の歌が収めてある。再度、引く。

人間を深く愛する神ありて　もしもの言はゞ、われの如けむ

挽歌　春の塔

二〇一七年の歳末、妻が九十歳で世を去った。六十余年前、共に教えを受けた折口信夫（釋迢空）先生が亡くなられ、その悲しみの中で、師の全集の編纂と出版にいそしむ私を助け、二人の子を育ててひたすらであった妻を悼む挽歌。

夢に顕《た》つ　女人高野《にょにんこうや》の春の塔。そこ過ぎてゆく──　妻のたましひ

ひつそりと　杉生《すぎふ》の闇をわたりくる　風のやさしさ　涙垂りくる

水煙《すいえん》のゆらぎ　ほのぼのと明るきに　触《ふ》りてそよげり　青杉の梢《うれ》

とぼとぼと　杖をたよりてのぼりきぬ。女人高野の高き石段《いしきだ》

わが母に　妻が手を添へ仰ぎゐる　杉生木深《こぶか》き　室生寺の塔

生まざりし童女の影をしたがへて　白衣《びやくえ》の妻が　杖つきてゆく

夕せまる檜原《ひばら》の奥に　つぶつぶと　何つぶやきて　泣きいます　母よ

幾人の女《ひと》なげかせて　生くる身ぞ。眼とづれば見ゆ。女人仏身

母よ。妻よ。汝《な》がたましひがたどり入る　黄泉路《よみぢ》の闇に　わが立ちなげく

＊

屋敷木の　古木《ふるき》の株に身を倚《よ》せて　父の孤独を　思ひ　かなしむ

長男が家継がざりしさびしさを　互《かた》みに知りて　言はず　過ぎきぬ

人を恋ひ　人をなげきて　現《うつ》し世を　生きとげましし　師を恋ふるなり
見はるかす伊豆の海原。障《さや》りなくこころはるけし。何にかなしむ
手握れば　宝珠のごとくあたたかし。冬至の夜の　柚《ゆず》の実あはれ
言の葉は　涙のごとくしたたりて　切なくさびし　年かはる夜ぞ
おもかげの人より添ひて　ひそひそと　年かはる夜に　何をささやく

＊

そそけだつ畳の上に　みるみるに　青浪《あをなみ》の秀《ほ》のよする　年の瀬
クリスマスの夜のひもじさに　耐へて寝る　この幼《をさな》らに　よき年よ来よ
庭番の小屋のひと間を　借りて住む　親子四人の　乏しき睦月《むつき》

輪注連《わしめ》ひとつ　扉《とびら》にかけて　つつましくことほぐ家に　子ら育ちゆく

ひつそりと稚児《ちご》は畳を這ひてをり。師の全集の　初巻いづる日

モンブランのケーキ買ひきて　ことほがむ　折口全集の初巻　いでたり

師とありし年の睦月のゆたかさを　身にしみて思ふ　たのしかりけり

ローマイヤの大切りのハム一枚を　錦絵の皿に　受けてたのしき

ビールの後《のち》　ジンを舐めつつ　先生の深夜の講義　夜を徹《とほ》すなり

師の亡きのち　われの心のまさびしく　なりゆく日々も　子は育つなり

＊

天寿国曼荼羅《まんだら》の図に対《むか》ひをり。身を圧しくる　重き荘厳《しょうごん》

まぼろしの仏は　闇に顕《た》ちたまひ　眼とづれば聞こゆ　魂のこゑ

くり返しわれを促《うなが》すアナウンサーも　呆《ほほ》けて見入る襤褸《らんる》のみ仏

おもかげに　遠世の仏顕ちたまふ。このよろこびに　身はうつつなし

学生の乱闘のなかに分け入りて　聴くべき声を　わが聴かむとす

たじろがず　わが前に立つ学生の　そのいさぎよき論を　うべなふ

身の内に　昨日の傷の熱もちて　疼《うづ》くを妻に　告げざらんとす

*

にひ年の神よびたてて　山びとは　海波《かいは》のごとき声に　どよめく

朝鬼《あさおに》が斧ふりあそび　叫《たけ》ぶ声。あかとき暗き　峡《かひ》に　とどろく

山見鬼《やまみおに》　咽喉《のんど》あらはに猛《たけ》ぶなり。大杉の雪　どつと落ちくる
はろばろと　出雲の国につどひくる　神在月《かむあり》の　村のゆたかさ
村の娘を　爺《ぢぢ》のをどりに誘《おび》き入れ　いよよつやめく　神楽の手ぶり
にひ年の神よびたてて　山びとら　海波のごとき　声にうたへり
山ふたつ　踏みかたむけて立ちそそる　面荒《あら》らかな　新歳《にひとし》の神

*

捧ぐれば　宝珠のごとくまかがやく　冬至の夜の　柚《ゆず》の実あはれ
今年また吉野の山にたづね入り　夜はのふぶきと　散る花を見む
吉野建《よしのだて》の階《かい》ののぼりに　あへぐ息　しばし鎮めむ。身は老いにけり

すがすがと身は立ちつくす。白檀《びゃくだん》の香り　みちくる堂のあかとき
年どしに　訪《と》ひくる鳥の数へりて　さびしき家に　ひとり老いゆく
先だちて逝ける吾妻の百日祭。つとむるわれに　桜ちり頻《し》く
真裸のうつし身ふかく匂ひたつ　香具《かぐ》の木《こ》の実の　香りすがしき
田道間守《たぢまもり》のごとく　曽孫《ひまご》がささげきて　われにゆだぬる　異郷の木《こ》の実
おのづから　五体削《そ》がれて　たましひは　うらうらと　伊豆の七つ島めぐる
春三月　つぎて曽孫の生まれくる　身のたのしさは　人に語らず

おわりに

昭和二十二年春、折口先生に「家《うち》に来ないかい」と言われた時、それは嬉しかったのをおぼえています。憧れていたのですから。文学での憧れというのは、ほかのこととは違って、肌理《きめ》の細かい憧れというのでしょうか。北原白秋が釋沼空《しやくちようくう》を「黒衣の旅人」と呼びましたが、『海やまのあひだ』など、どの歌も一度よめば忘れられない、その個性が言いようもなく好きでした。皇學館の中学三年生のときには、上級生がくれた『現代名歌選集』にある沼空の二十五首をすぐに暗記しました。敗戦後、復学して先生が主宰する鳥船社に入りましたが、そこで歌をみていただいたり家にお邪魔するようになり、しばらくたってお声をかけてくださったのです。

すでに折口家に入っていた矢野花子さんは、すぐれた歌人でもありましたけれど、先生は一線を引いて「家の乳母」と人に紹介したり、呼ぶときも矢野さんを「おばはん」、私は「おっさん」でした。先生よりずっと若い二人が、〝おばはんとおっさん〟なのです（笑）。

私より前に二十年間も、先生の家に住み込んできた藤井春洋《はるみ》さんが、細かくつけていられた家計簿がありましてね、堅い表紙の部厚く立派なノートで二十年分が残っていたのですが、先生が亡くなられてすぐに焼却されたのは惜しいことでした。ともかくきちんとした生活のルールがありましたから、この家では先生の言うことには無条件に従おうと努めたものの、時には、こんこんと三十分も説教されることがありまして、それは苦痛でしたねえ。だから過去には去っていかれる方もいました。

ですが、先生はたいへん心の自由な人でした。同時に、心の掟《おきて》をきちんともっていました。その塩梅《あんばい》を呑みこめば楽しく過ごせたのです。深刻に考えれば耐えがたいこともあったかもしれませんが、私はどうも根が朗らかなほうで、適応力があったのでしょう。

この本に書こうと思いながら、書けずじまいだったことも少なくありません。

些細なことでいえば、先生は万年筆のインクになぜか緑色や紫色を好んで使われました。ただし黒やブルーブラックとは違って、少し弱いようで、時間がたつと書かれた字が薄れてきたりして、困ったものです。このような何でもないことも、いま語っておかなければ忘れられてしまうかもしれません。

昭和二十八年九月三日に先生が亡くなられてしばらくの後、遺骨を春洋さんとの父子墓がある羽咋《はくい》まで北陸新幹線で運んでいたときのことです。網棚にお骨をのせたグリーン車の三分の一ほどを折口門下が占めていました。その車輛に、若き中曽根康弘さんがぐうぜん同乗されていまして、折口先生の遺骨だと気づかれたのでしょう、拝ませていただきたいとおっしゃいました。かねがね先生の作品に親しんでおられたようです。口調も物腰も今の政治家とはようすが異なり、どこか海軍の青年将校を思わせる颯爽《さっそう》とした雰囲気であったことを覚えています。

また、同じ新幹線での出来事でした。同乗しておられた角川源義さんが、『折口信夫全集』を角川書店から出させてほしい、ということを言われたのですね。ただ、その件についてはすでに中央公論社からの正式な申し出がありましたし、いくら親しくしていたとはいえ、それも先生の遺骨を前にして、という気持ちが高じたのか、ふだん大きな声を出すことのない鈴木金太郎さんが「このような場所でいい加減にしなさい」と角川さんを叱責されたことは、強く印象に残っています。

あのとき先生と死に別れたことは、私には、おそらくどの兄弟子よりも大きなショックであったと思います。もう少し長生きしていただきたかった。ただ私の歌人としての自覚は、先生の死をきっかけに目覚めていったようです。一緒にいるあいだは、先生の反射が自分を動かしていました。親とはそれ以前にすっかり離れていましたから、先生が亡くなると自分を見つめるほか仕方がなくなったのです。歌への情熱も創作の意義も強く感じ、没頭していきました。先生がもう少し生きておられたら、私の歌も、その後の道も、違ったものになったでしょう。

先生はあれだけの大きな方だから、私がいなくてもそれほど痛痒《つうよう》ではなかったと思います――先輩たちは、最後の頃は、「岡野君に任せとけばいいよ」と言ってくださっていましたけれど――。ですが私は、もし先生に出会うことがなければ、田舎のわりあいにいい神主になって（笑）、祝詞《のりと》をあげていたと思います。語り尽くせない、ありがたいご縁をいただきました。（談）

＊初出＝『こころ』Vol. 23〜Vol. 45（二〇一五年二月〜二〇一八年十月）

岡野弘彦（おかの ひろひこ）

一九二四年、三重県生まれ。歌人。國學院大學名誉教授。主な歌集に『天の鶴群』（読売文学賞）、『バグダッド燃ゆ』（現代短歌大賞、詩歌文学館賞）、『美しく愛《かな》しき日本』、主な著書に『折口信夫伝――その思想と学問』（和辻哲郎文化賞）、『折口信夫の晩年』などがある。晩年の折口信夫宅に住み込んで文学上の最後の弟子になるとともに、身の回りの世話に携わる。また宮中と関わりが深く、昭和天皇をはじめ皇室の作歌指南役を務めてきた。

最後《さいご》の弟子《でし》が語《かた》る折口信夫《おりくちしのぶ》

二〇一九年七月一七日　初版第一刷発行

著　者　岡野弘彦
発行者　下中美都
発行所　株式会社平凡社
〒一〇一-〇〇五一　東京都千代田区神田神保町三-二九
電話〇三-三二三〇-六五八三〔編集〕
〇三-三二三〇-六五七三〔営業〕
振替〇〇一八〇-〇-二九六三九
印刷　株式会社東京印書館
製本　大口製本印刷株式会社
DTP　平凡社制作

ISBN978-4-582-83810-7
NDC分類番号 910.268　四六判（19.4cm）　総ページ 256
平凡社ホームページ　https://www.heibonsha.co.jp/
乱丁・落丁本のお取替は直接小社読者サービス係までお送りください（送料は小社で負担いたします）。

折口信夫（右）と著者（1950年）